-Alte Liebe-

von

Andreas Wicht

Prolog

Nach all der langen Zeit konnte Paul sich kaum noch erinnern. Er stand da, ruhig und besonnen. Das Sakko seines teuren Bossanzugs flatterte ein wenig im ersten warmen Windhauch des Jahres. Die restlichen Haare auf dem Kopf waberten im Wind wie Staubmäuse hinter der Wohnzimmercouch. Gelassen wirkte er beim ersten Anblick. Dabei rumorte es in seinem Inneren bei dem Anblick seiner alten Wirkungsstätte. Das Baumhaus fiel noch nicht ganz in sich zusammen.

Der alte Autoreifen, der an der großen Eiche neben dem Entwässerungsgraben an einem dicken langen Tampen aufgehängt war, versetzte Paul Meier vor seinem inneren Auge in seine Kindheit zurück. Damals drehte sich seine Welt nicht um die Sonne sondern um den Knick und den Spieli, also die baumbewehrte Wallanlage hinter der Nebenerwerbssiedlung und die alte Schietkuhle mit den Fußballtoren. Alles, was ihm heute gut und wichtig erscheint, hatte damals keinerlei Bedeutung. Sicher: Damals kümmerte sich Pauls Familie nach Kräften um alltägliche Belange. Doch andersherum ist heute leider nichts mehr von dem wichtig, was damals die Welt bedeutete für den kleinen Paul. All die scheinbar bedeutungslosen Kleinigkeiten, die er mit leuchtenden Kinderaugen im Töwenmoor entdeckt hatte, fliegen heute an den doppelwandigen Fensterscheiben des ICE vorbei, durch die Paul so oft in vollklimatisierten Firstclass-Sesseln seine neue große Welt sieht. Und eines weiß Paul ganz genau: Hätte er vor zwei Wochen geahnt, wie sein Leben heute aussehen wird, so hätte er vieles anders gemacht. Als Zivi hat er es schon einmal geahnt. Komischerweise hat kein einziger der uralten Greise, die er da zwischen Speisesaal und Schlafstätte hin und

4

her kutschieren durfte, jemals beanstandet, irgendetwas auf seiner Arbeitsstätte versäumt zu haben. Immer wieder waren nur Freunde, Familie und vor allem Zeit das alles beherrschende Thema. Doch Paul hat diese Lehre in den vergangenen Jahrzehnten nicht ernst genommen.

Kapitel 1

Pauls Kindheit war überschattet von Schicksalsschlägen, die er als Kind jedoch nie ernsthaft zu spüren bekam. Seine Familie hat einfach immer weitergemacht und so wirkten die ersten Jahre in Pauls Leben erstaunlich unbeschwert. Er wuchs zwischen Frauen auf. Der Erzeuger war schwerer Alkoholiker und extremer Traumtänzer. Darum hatte seine Mutter den ersten Mann in Pauls Leben auch geistesgegenwärtig an Hosenbund und Hemdkragen gepackt und schwungvoll ein letztes Mal durch die heimische Haustür befördert; übrigens war Pauls Erzeuger nicht der erste und auch nicht der letzte Gast von Familie Meier, der diesen unfreiwilligen Abgang erleben durfte. Es gab da noch einen Scientologen, dessen drängender Missionsauftrag ihn auf das Trottoir vor der Meierschen Behausung beförderte. Und nicht zu vergessen sei in diesem Zusammenhang einer der Bewerber um das Hochamt der stiefväterlichen Ersatzbank. Denn Pauls Mutter veranstaltete ein Casting.

Dieses Vorgehen war keine Erfindung von Dieter Bohlen. Nein. Elfriede Meier hat für uns alle das Casting erfunden, indem sie potentielle Lebensgefährten zu sich einlud, um mit Paul einen Spielnachmittag zu verbringen. Paul freute sich zumeist über die freundliche Zuwendung, denn die meisten Kandidaten zeigten sich von ihrer besten und kinderfreundlichsten Seite, um Elfriede Meier für sich zu begeistern. Nur Helge Sörensen war es schnell leid, sich mit Pauls Matchboxautos zu beschäftigen. Als Paul auch noch forderte: „Baust Du mit mir eine Autostadt auf?", wurde es Helge zu viel und er klatschte dem verdutzten Vierjährigen die flache Hand mitten ins Gesicht. Das wiederum rief sofort die resolute Elfriede auf den Plan und das Schicksal nahm seinen Lauf. Nachdem Helge unsanft auf dem

Gehweg aufgeschlagen war, ließ er sich nie wieder bei Familie Meier blicken. Jahre später stellte sich heraus, dass er sein Kinderkarussell nur betrieben hatte, um kleine Mädchen in seine heimische Dusche zu locken. Paul ist also den Aggressionen seines hochprozentigen Erzeugers und den Fängen eines Mitschnackers entkommen. Und er konnte sich auch sonst immer auf seine resolute Mami verlassen. Leider wusste er diesen Umstand lange Zeit nicht wirklich zu schätzen. Zu seinem Bedauern war Elfriede auch zu ihrem eigenen Sohn nie wirklich warmherzig oder liebevoll gewesen. Die erste und letzte Umarmung gaben sich beide auf ihrem Sterbebett. Und da dann auch gleich richtig. Das erste und letzte Mal sprach Paul zu ihr die befreienden drei Worte „Ich liebe Dich" kurz bevor Elfriede im zarten Alter von nur 65 Jahren im Jahr 2020 am Coronavirus verstarb. Doch 1973 kam ein Virus, das tausende Mitmenschen auf der ganzen Welt dahinraffen wird, allerhöchstens in Perry-Rhodan-Heftchen vor. Als Paul geboren wurde, dachte Deutschland noch, dass die größte Gefahr überhaupt sei, einen zu kleinen Mettigel zur Schlammbowle im Partykeller serviert zu haben. Das änderte sich 47 Jahre später schlagartig. Im Jahr 2020 wurde die Erde von einer biblischen Plage heimgesucht;

ganz so, als seien Sodom und Gomorrha moderne Siedlungen der Neuzeit und es sei wieder an der Zeit, sich auf das Gebot der Nächstenliebe zu besinnen. Denn, bei all den schrecklichen Folgen, die die Corona-Pandemie damals hatte, blieben hinterher doch die Helferkreise erhalten, blieben die Freundschaften der Krisenzeit bestehen und alle wussten es in diesem Jahr plötzlich wieder zu schätzen, einen Mitmenschen zu umarmen, mit dem Kumpel einen klatschenden Handschlag zu tauschen. Man lächelte sich seitdem ganz ungeniert auf offener Straße an; wildfremde Menschen ernteten Komplimente und aufmunternde

Worte. Die ehemalige Floskel „Bleib gesund!" wurde zum Abschiedswort der ganzen Welt und im Hinterkopf behielt seitdem jeder den möglichen Verlust durch schwere Krankheit.

Im März 2020 jedoch dachte noch ganz Europa, dass das Coronavirus ein rein chinesisches Problem sei. Alles begann in einem Marktgebäude im chinesischen Wuhan - innerhalb weniger Wochen wurde das neuartige Coronavirus auf vier Kontinenten nachgewiesen. Auch Deutschland war betroffen. „Wo liegt eigentlich dieses Wuhan?", fragte Paul seine Gloria am Morgen des 20. Dezember. Er ist wie jeden

Morgen um sechs Uhr aufgestanden, um sich an dem winzigen Waschbecken im Gästebad zu waschen. Paul hat sich die winzige Nasszelle als eine Art Männerbad eingerichtet, als die Kinder noch kleiner waren und der morgendliche Östrogenterror untragbare Ausmaße annahm. Er teilte sich fortan die zwei Quadratmeter Wellnessoase mit seinem dreizehnjährigen Stiefsohn Bosse, der zum Glück wenig Wert auf sein Äußeres legte. Die drei Damen des Hauses gleichten diese Nachlässigkeit locker aus. Gesa, die Zwillingsschwester von Bosse, war ein extremes Mamakindchen und verbrachte etliche Stunden des Tages gemeinsam mit ihrer Mutter im großen Bad. Und dann war da noch Vicky, die leibliche Tochter von Paul. Vicky fuhr sofort auf jeden erdenklichen Schönheitstrend aus dem Internet ab. Beautyhacks, DI´s und ähnliche Maßnahmen zur Influencer-Bereicherung ließen die elfjährige während ihrer gesamten Teenagerjahre im Badezimmer oder vor ihrer Schminkkommode verharren. Sehr zum Leidwesen des väterlichen Portemonnaies und Nervenkostüms wurden dessen Gesprächsangebote unwirsch abgelehnt. So blieb Paul morgens nur der Rückzug ins Männerbad. Das war angenehm weiß und kühl gestaltet, mit Blechschildern von

14

Fünfzigerjahre-Pinups   provisorisch geschmückt.

Und hier erreichte ihn dann auch Glorias Antwort: „Das ist irgendwo in China, die haben da so eine neue Grippe". In drei Tagen ist Weihnachten. Es gibt also andere Sorgen als ausgerechnet eine Grippe in China. Das ist schade für die kranken Menschen und mag vielleicht den internationalen Handel mit minderwertigen   Weihnachtslichterketten einschränken. Doch Paul muss nach der Arbeit noch die Kette für Gloria vom Juwelier abholen, das neue Mountainbike für Bosse zusammenschrauben, eine Ente bei Bauer

Mohr bestellen und in der Mittagspause darf er den Elternsprechtag am Willy-Brandt-Gymnasium nicht vergessen; Vickys Versetzung in die Mittelstufe stand an und Pauls Ex, Chantal, die Mutter von Vicky, übte mehr Druck auf ihn und seine Tochter aus als es jeder Oberstudienrat jemals vermochte. Und dann durfte er natürlich nicht vergessen, bei seinem kränklichen Mütterlein vorbei zu schauen.

Kapitel 2

Peters Lieblingswort war „Labsal". Er fand es „erlabend", mit seinen Kollegen für einen Currywursttest die Imbissbuden der Kreisstadt abzugrasen. In einem – lokal – viel beachteten Zeitungsartikel hatte die damalige Troika aus fröhlichen Lokaljournalisten sogar ein Ranking der Wurstbratereien erstellt. Auf dem schmucklosen Parkplatz eines ebensolchen Baumarkts erzählte mir Peter von seinem Lieblingswort. Seine Autokorrektur im PC hat sowohl dieses Nomen als auch dessen Adjektiv rot unterstrichen. So unbekannt ist diese schöne alte deutsche Formulierung heute. Dabei erfuhr Paul, dass ein Labsal ursprünglich in der Schifffahrt zu finden war und in seiner Wortherkunft nicht die Erfrischung oder Linderung sondern einen teerhaltigen Bootsanstrich meinte. Peter war ein Quell schöner Worte. Oft vergessener Worte. Die kramte er heraus, wie manche Dame Menthos in ihrer Handtasche findet und verteilt. Leider ist auch dieser Quell viel zu früh versiegt. Das Virus hat auch ihm das Leben genommen. Er war „vorbelastet". Kein so schönes Wort, eher mickriges Amtsdeutsch. Für Peter hieß es vor allem, dass er von seinem guten Leben zu dick geworden ist. Viel zu dick. Da hatte das

18

Virus leichtes Spiel.

„Man sollte von Lieblingswörtern, schönen Wörtern und vergessenen Wörtern berichten, sie konservieren und erhalten", sagte Paul zu Gloria, deren Lieblingswort 'Brause' war, „Ich will Menschen fragen, welches ihr Lieblingswort ist und welches doch aus der Versenkung zurück ans Licht geholt werden müsse". Menschen kümmern sich um ihre Worte und Wörter. Im Internet findet sich eine Rote Liste der bedrohten Begriffe der Deutschen Sprache. Paul fand das Wort „Brause" in dieser Liste. Das erklärt zumindest, warum ihm in der amerikanischen Botschaft – die mit der goldenen Möwe an er

19

A1 – niemand mit seinem Wunsch nach einer weißen Brause weiterhelfen konnte. Doch verfügte Paul mit seinem Baujahr 1973 schon über einen Wortschatz, der im Alltag bedrohte Wörter unbedarft weiterträgt?

Pauls Lieblingswort war „Fernruf". Diesen schönen alten Begriff führte sein Schwiegervater, ein gelernter Schmied, noch heute in seiner Firmenbeschreibung. Das passende Wiewort „fernmündlich" landete auf Platz sieben im Wettbewerb „Das bedrohte Wort", der bis 2007 bedrohte deutsche Begriffe kürte. Und unsere Wörter stehen ja auch für etwas. Für uns. Peter empfand das

Leben als „Labsal", so kam es zumindest Peter vor. Er wirkte immer selbstbestimmt. War bestens vorbereitet auf seine Aufgaben. Und er liebte gutes Essen. Das war erlabend für ihn, das Wort mit dem roten Unterstrich auf seinem Bildschirm. Und Pauls Leben ist vom Fernruf geprägt. Er versagt im direkten Gespräch oft. Hinterlässt überall Fragen und Verwunderung. Nur fernmündlich ist er für meine Mitmenschen erträglich.

Kapitel 3

Seinen fünften Geburtstag feierte Paul in einem Iglu. Nein. Pauls Eltern waren nicht reich. Ganz im Gegenteil. Nach dem Rauswurf seines Erzeugers war Pauls Mutter alleinerziehend. Eine alleinerziehende Mutter war in den Siebzigern so etwas wie eine Aussätzige. Manch ein Spielkamerad von Paul wusste die heimlichen Gerüchte beim Bau der Playmobilstadt laut heraus zu posaunen. „Pauls Mama ist eine Prokurierte!", platzte es ausgerechnet an Pauls lang ersehntem Ehrentag aus Tommy heraus. Tommys Papa war Luftfahrtingenieur bei der Lufthansa und die ganze Familie durfte für geringen Obolus rund um die Welt fliegen. Darauf hielt Tommy große Stücke und dachte somit es sei sein Recht und, ja, fast seine Pflicht, die unhaltbaren Lebensumstände der Familie Meier zu verkünden. Nur leider befanden sich während dieser Verkündung alle fünf Geburtstagsgäste in besagtem Iglu und die anschließende Keilerei zerstörte das nordische Bauwerk gleich wieder. Paul durfte nämlich immer so viele Freunde einladen, wie er alt wurde. Und am vierten Dezember 1978 war nun einmal Schneekatastrophe und Paul, Sören, Michi, Müller, Kalle und Tommy bauten sich ein großes Iglu im Garten der Familie Meier. Das war zunächst ein Riesenspaß für alle. Die Jungs rieben sich an der Nase zur Begrüßung wie die Menschen am Nordpol. Dann wurde Topfschlagen im Schnee gespielt und danach der Kalte Hund im Iglu serviert. Und die Fete hätte auch so lustig weitergehen können. Hätte Tommys Mama nicht am vergangenen Sonnabend beim abendlichen Familienspaß während Rudi Carrells „Am laufenden Band" anstelle der vorbeirauschenden Laterne plötzlich durch das heimische Wohnzimmer geblökt: „So eine Laterne müsste man rot anmalen und der Meierschen ans Trottoir hängen, damit alle wissen, was die für eine ist". Und um dieser Bosheit die Krone aufzusetzen, behauptete Tommys Papa daraufhin stumpf: „Ja. Genau. Das ist so eine richtige Prostituierte". Paul wusste schon damals gar nicht, mit solch verstörenden Aussagen umzugehen.

Er konnte Tommys Tonfall entnehmen, dass hier eine furchtbare Gemeinheit im Raume stand. Und auch das höhnische Gelächter seiner Geburtstagsgäste deutete auf Niedertracht und Hinterhalt hin. Paul aber kannte das Wort „Prokurierte" ein wenig. Schließlich arbeitete seine Mutter als Handelsfachwirtin bei Perso, dem Großhandel für Genussmittel im Industriegebiet am Rande des kleinen Städtchens. Und dort sollte sie Prokuristin werden, hatte dann als Frau leider keine Chance mehr, als Robert Bach den gesamten Vorstand in die „Rote Laterne" einlud. Mit einem groß angelegten Puffbesuch konnte Elfriede Meier nicht mithalten. Und doch konnte Paul behaupten: „Mama wollte unbedingt Prokurierte werden, aber dann durfte sie das gar nicht".

Kapitel 4

„Ich hab´ mir so richtig ein´ reingeorgelt",
bölkte Goethe in bester Vollka-Putt-Parodie
durch die Hotellobby, „Wie so´n
Achtarmiger". Die anderen Hotelgäste waren
Kummer gewöhnt mit der Westerntruppe aus
Norddeutschland. Niemand schaute mehr
ernsthaft auf oder unterbrach sein Tun. Man
kannte sich bereits und so eindrucksvoll die
norddeutschen Cowboys auch in großer
Gruppe auftraten, so freundlich, hilfsbereit
und fröhlich waren die Männer auch. Jeder,
der die erste Scheu vor den bärtigen Kerlen
mit ihren großen Hüten, Lederwesten und

schweren Stiefeln überwunden hatte, wusste seinen Alltag bereichert. Selbst im Ausnahmezustand bewahrten sie ihren Sinn für Anstand und Sitte. Goethe hatte jetzt zwei Nächte durchgemacht. Schon der Abend vor dem Abflug vom Helmut-Schmidt-Airport in Hamburg-Fuhlsbüttel gehörte ganz und gar Goethe und seinen Freunden. Ins Bett gehen mochte der Maurermeister nicht. Schließlich gehörte sein Alltag seiner Firma und jetzt, im Urlaub, wollte er das Leben feiern mit den Menschen, mit denen er seit dem Kindergarten seine Freizeit verbringt und all den anderen Verrückten, die sich zu den „Northern Cowboys" zusammengefunden hatten. Mit vierzig Männern wurde regelmäßig in den Urlaub gefahren und auch über das Jahr gehörte praktisch jede freie Minute der Woche dem Club und dem Hobby, das sie alle vereint: Dem Leben der Cowboys. Einige von ihnen waren Trucker oder Linedencer, Westernreiter oder -schützen oder alles zusammen oder gar nichts von alledem und man fühlte sich der Clubidee einfach verbunden, setzte einen Stetson auf und gehörte dazu. So wie Goethe. Im Sommer campierten die Jungs mit ihren Familien auf Pferdekoppeln in ihren Tipis und Weißzelten. Und alle zwei Jahre ging es auf ganz große Tour.

29

Dann packten gestandene Familienväter und wilde Jungspunde ihre Koffer und machten sich gemeinsam auf den Weg in den Süden. Die ganz wilden Kandidaten hatten manches Mal schon vor der Abfahrt so schlimm gefeiert, dass sie froh sein konnten, in den Flieger zu finden und dann auch noch zu dürfen. Andere Freizeitcowboys wussten, die große weite Welt still und voller Ehrfurcht zu genießen. Von einem „chinesischen Virus" hatten sie alle vor Kurzem gehört. Seit Januar machte eine „Covid-19" genannte Pandemie von sich reden. Aber niemand von ihnen war jemals in China oder kannte überhaupt nur irgendjemanden aus dem Reich der Mitte. Nicht die Klügsten und auch nicht die Ängstlichsten unter ihnen maßen diesem Virus eine Bedeutung bei; auch wenn Präsident Erdogan bereits Wärmebildkameras am Flughafen Antalya aufgestellt hatte.

Kapitel 5

„Nein. Ich gehe nicht mit zur doofen Hochzeit!", quakte Paul an einem schönen Apriltag des Jahres 1982. Das große Fußballturnier auf dem Spieli in der alten Schietkuhle stand an. Und ausgerechnet diesen Sonnabend wählten Elfriede Meier und Karl-Heinz Baer aus, um sich in der Wotenberger Lutherkirche das Jawort zu geben. Die Party wird mit Sicherheit spitzenmäßig. Da war Paul sich ganz sicher. Es würde Würstchen im Schlafrock geben und Hawaiitoast und so viele Salzstangen wie er essen könnte und vor allem echte Cola.

Nicht nur eines dieser kleinen Glasfläschchen. Nein. Auch die Kinder sollten dicke Whiskeygläser bekommen und an einem Tresen, den Karl-Heinz gerade zusammen zimmerte, dann von Holger, dem Kumpel von Karl-Heinz, in seiner schwarzweißen Kellneruniform immer wieder Brause nachgeschenkt bekommen.

Und Paul durfte auch einen Spielkameraden mitbringen. Das einzige Problem war: Es wollte gar keiner der Jungs aus dem Töwenmoor zu der Hochzeit gehen. Schließlich entschied sich an diesem Tag auf dem Spieli, wer ein Jahr lang das Vorrecht auf den dortigen Bolzplatz haben würde. Bis zum Frühling 1983 könnten die Töwenmoorer einfach zum Spieli gehen und selbst dann dort bolzen, wenn schon die Rappelsnuten aus Fahrnkroch dort wären. Ein simples: „Hau af, Rappelsnute!", wäre ab dem Tag des Sieges ausreichend, um den Bolzplatz mit seinen tollen Fußballtoren mit echten Netzen für sich in Anspruch nehmen zu dürfen. Paul war nicht der beste Kicker, aber der robusteste von allen. Einmal hatte er mit einem Bänderriss am Sprunggelenk die Halbzeit zu Ende gespielt ohne zu murren. Er war also der Fels in der Brandung, um den die Töwenmoorer ihr Spiel herum aufbauen

34

konnten. Hätte Paul auch noch zu allem Überfluss seinen allerbesten Freund Sören von nebenan, mit dem er schon als Baby auf der knallgrünen Krabbeldecke zwischen den Kartoffelreihen von Pauls Oma Waltraud gespielt hatte, zu der doofen Hochzeit eingeladen, dann wäre auch noch der schnellste Stürmer im ganzen Töwenmoor ausgefallen. Das war für alle Jungs vollkommen undenkbar gewesen. Karl-Heinz, der für den kleinen Paul ein echter Glücksfall für sein ganzes Leben sein sollte, hatte die rettende Idee. „Komm, Paul, ich kaufe Dir und Sören John-Wayne-Hemden nach der Arbeit", verkündete der lebensfrohe Maurer beim Frühstück, „Die könnt ihr dann bei der Hochzeit tragen". Nun kam Paul ins Grübeln. Ein Hemd wie sein absoluter Lieblingsheld wäre dufte. Dazu noch ein Halstuch und er würde aussehen wie Ethan Edwards und dann auch auf einem alten Militärsattel durch das Töwenmoor streifen, um einsame Witwen vor dem Schwarzen Falken auf dem Kriegspfad zu beschützen. Paul wollte unbedingt dieses Hemd haben und irgendwie mochte er Karl-Heinz auch jetzt schon richtig doll.

Also kletterte er am späten Nachmittag zusammen mit Sören auf die Rückbank des Opel Kadett, verdrehte das kleine

Ausstellfenster ein wenig und beobachtete aufgeregt die große weite Welt, die nun an ihm vorüberflog. John-Wayne-Hemden gibt es nämlich nur in Hamburg bei Paul Hundertmark auf der Reeperbahn. Bei Hundertmark hatten sich schon die Beatles für ihre wilden Konzerte auf Sankt Pauli eingekleidet. Und Freddy Quinn und Lemmy Kilmister. Und nun enterte das Trio aus Paul, seinem zukünftigen Papa Karl-Heinz und seinem besten Freund Sören das sündige Sankt Pauli, um sich für die große Hochzeit ausstaffieren zu lassen.

Kapitel 6

Eine Woche Urlaub mit den Freunden verging wie im Flug. Legendäre Strandpartys und besinnliche Spaziergänge wechselten sich ab. Mit den Sandburgarchitekten im Club tanzte Paul in den Sonnenuntergang zu deutschem Rumpelschlager. Aber auch das leise Gespräch an der Seebrücke über Liebe, Job und Familie gab Paul wieder Kraft zum Durchhalten im stressigen Alltag als Teil einer chaotischen Patchworkfamilie. Kurz kam noch einmal der Gedanke an das chinesische Virus auf, als einige Hotelgäste anfingen, mit Mundschutz im Hotel herum zu laufen. Doch die reisten dann auch bald wieder ab und so nahm die „Herrenkulturreise" ihren Lauf. Ein Besuch auf dem Basar in Alanya mit einigen Cowboys war für Paul ein kleines bisschenwie ein Märchen aus tausendundeiner Nacht. Bauern aus der Umgebung boten in biblischer Fülle Obst, Gemüse, Kräuter, Gewürze und Handarbeiten an. Für einen einzigen Euro bekam die Gruppe eine ganze Staude Bananen. Nicht die grün gelieferten und künstlich nachgereiften Containerfrüchte. Nein. Die Staude war frisch und hing am Morgen noch am Baum. So ein Aroma hatte Paul noch nie geschmeckt. Zum Nachspülen gönnte Paul sich einen frisch gepressten Granatapfelsaft. Auch hier genügte sein Euro für einen ganzen Liter des köstlichen Trunks. Am Fähranleger dann spürte die Gruppe wieder, dass etwas anders war als sonst. Die Touristen blieben aus und die acht Cowboys waren dann auch fast die einzigen Passagiere auf dem Butterschiff zu Kleopatras Badewanne.

Der letzte Tag gehörte ganz und gar Antik Side, der historischen Altstadt am Meer mit römischem Theater aus dem zweiten Jahrhundert nach Christus. Es gab viel zu erkunden zwischen den Ruinen. Ein Jahrhunderte altes Krankenhaus und etliche Stadtbauten aus römischer Zeit wurden von einigen Cowboys begeistert erkundet. Andere nutzten den Tag vor allem zum Shopping. Ein Buckle Shop war hier das begehrte Ziel. Und so kehrte am Abend manch ein Kumpel mit nagelneuer Gürtelschnalle ins Hotel zurück. Südstaatenrebellen, Elvisjünger und Trucker sind jetzt schon von Weitem an ihrem Hosenbund zu erkennen. Dieser letzte Abend wurde noch einmal gebührend gefeiert mit Whiskey und Linedance bei den türkischen Freunden. Am Flughafen in Fuhlsbüttel traf Paul dann auf eine Gruppe Chinesen, die mit gebührendem Abstand zu ihren Mitmenschen Masken tragend durch den Terminal eilte.

41

Kapitel 7

Wahrscheinlich war die härteste Prüfung für Paul, bei seiner Heimkehr wieder in den Familienalltag zurück zu finden. Das Leben als Patchworkdaddy ist für manch einen gestandenen Kerl nicht ganz einfach. Paul bewahrte sich neben seinen starken und wertvollen Männerfreundschaften auch seine ganz weichen und einfühlsamen Seiten. Er hatte einmal Krankenpfleger gelernt nach dem Abi. Aus ganzem Herzen und mit voller Überzeugung wollte der junge Indianerhippie, der ständig mit seiner furchtbar knatternden uralten BSA Star auffiel, für seine kranken

Mitmenschen da sein. Bis die Last des Berufs ihn selbst krank gemacht hatte. Ein letzter Versuch war es, die Last zu teilen. So wurde Paul mit 30 noch Diakon. Um die Arbeit besser auszuhalten. Doch auch dieser Versuch scheiterte grandios. Schon bald nach der feierlichen Einsegnung im Schleswiger Dom zeigte der frisch gebackene Diakon Anzeichen schwerster Überforderung. Beängstigender Gewichtsverlust, düstere Gedanken und verrückte Handlungen spitzten sich in fast psychotischen Phasen derart zu, dass Paul nun selbst zu einem Patienten wurde. Mehrere Monate und verschiedenste Medikamente mit teils furchtbaren

Nebenwirkungen brauchte es, um den jungen Krankenpfleger wieder ins Leben zurück zu holen. Die wichtigste Selbsterkenntnis brachte schlussendlich die Maltherapie, in der Maik, der Kunsttherapeut, Pauls Bild, ohne diesen zu kennen, sofort die massive Überforderung des Patienten ansah. „Nimm Dir Zeit für Dich, das ist wichtig", schlug Maik mit sehr ruhiger Stimme vor. Und ausgerechnet dieser Kalenderspruch, den irgendwie jeder zweite Tresentherapeut seinem Gegenüber rät, brachte Paul zum Umdenken. Ja. Er wollte immer für seine Mitmenschen da sein. Doch bei Paul wurde der Umgang mit ihnen immer verkrampfter.

Kaum ein Gespräch verlief noch sinnvoll oder hilfreich. Planlos marschierte Paul mit den Gedanken ganz bei Maiks Worten vom gesunden Egoismus durch sein Wotenberg, in das er zurückgekehrt war, um mit seiner Freundin und der kleinen Tochter, die mittlerweile in sein Leben kam, wieder bei Mutti oben zu wohnen. Diese Pubertät in Endlosschleife nahm er in Kauf, um wieder zu sich zu finden. Vorbei an der kleinen Brücke, die nur einen alten Parkplatz überspannte, für Paul aber ein Spielplatz der Kindheit war. Über den unebenen mit Kopfstein gepflasterten Marktplatz, auf dem Paul als Kind immer „Drekleineundnsaft" bekam und auf dem seine Eltern vierzig Jahre lang mit ihrer Volkstanzgruppe am 30. April den Bändertanz rund um den Maibaum aufführten. Paul ging ganz unbewusst auf die Eisdiele zu, die es schon in seiner Kindheit gab und die jetzt anstelle der zehn Pfennig zu Schulzeiten einen Euro für die Kugel Eis verlangte. „Es sei ihnen gegönnt, in Wotenberg ist es bestimmt schwer, einen Laden gewinnbringend zu betreiben", dachte Paul bei sich und war tatsächlich von einer Einkaufszeile umringt, in der jedes zweite Ladenlokal leer stand. Da lief Paul sein alter Schulkamerad Marki über den Weg. Marki und Paul hatten sich einige Jahre aus den

Augen verloren. Schließlich verschlug es Paul zwischenzeitlich in die große weite Welt nach Hamburg und Marki kam gut

beim Wotenberger Tageblatt als Lokalredakteur unter. „Moin, Paule! Wie geht's, wie steht er?", wurde Paul aus seinen Gedanken gerissen.

„Gerade nicht so toll, ich war ein paar Monate bregenklöterig und jetzt such einen neuen Weg", musste Paul da wahrheitsgemäß entgegnen. „Pass auf, Du hast doch immer gern geschrieben. Vielleicht ist ja Zeitung was für Dich", schlug Marki mit breitem Grinsen vor. Schon als Fünfjähriger hat Paul gerne

47

Reporter gespielt. Ein Foto aus dem Jahr 1978 zeigt ihn mit Mutters Adler, an der er sich selbst Lesen und Schreiben beigebracht hat, indem er das Märchen vom König Drosselbart, das ihm seine Urgroßmutter buchstäblich jeden Abend vorlesen musste, mittlerweile auswendig runtertippen konnte.

Kapitel 8

Geparkt wurde gegenüber der Heilsarmee in der Talstraße. Schließlich kosten Parkhäuser in Hamburg ein Vermögen. Und in einer verruchten Seitenstraße der Reeperbahn war immer ein Parkplatz frei. Auch von hier waren es kaum fünfhundert Meter, die das Trio bis zu dem legendären Westernstore am Spielbudenplatz brauchte. Doch dieser halbe Kilometer drang in Pauls Bewusstsein ein wie ein LSD-Rausch. Die Sonne ist gerade untergegangen, die Luft war kalt und klar an diesem Aprilfreitag auf Hamburgs sündiger Meile. Die Leuchtreklamen schillerten bunt wie ein aufgeputschter Regenbogen um den Achtjährigen herum. Die Menschenmassen drängten sich entlang der Bars, Discotheken, Rock'n'Roll-Schuppen, Pornokinos und Rotlichtetablissements.

„Wüllt Du jüst so ünnerduken spelen, Buttjer?", blaffte Paul von der Seite ein monströser Koberer in Zirkusdirektor-Fantasieuniform vor „Lolitas Milchbar" an und lachte danach bellend. „Du hest jüst ook blots'n Demse inne Fupp, Bälgenpetter!", entgegnete Karl-Heinz mit hoch erhobenem Kopf, geradem Rücken und süffisantem Grinsen unter seiner Schiebermütze. Eine

Sekunde des völligen Stillstands folgte. Paul und Sören wagten nicht einmal das Weiteratmen. Gespanntes Warten zehrte an den Nerven der Jungs vom Dorf. Karl-Heinz war ein kräftiger kleiner Handwerker, dem die beiden Jungs auf Biegen und Brechen nicht den Zwanzigmarkschein aus der Faust entreissen konnten, als es hieß, sie dürften ihn behalten, wenn sie ihn bekämen. Doch gegen den brutal wirkenden Türsteher mit Boxernase und einem Bizeps so groß wie durchschnittliche Oberschenkel hatte er bestimmt keine Schnitte. Plötzlich lachten Stiefpapa und Koberer gemeinsam laut auf, winkten gleichzeitig mit der rechten Hand lässig ab und, als ob niemals etwas geschehen sei, wendete der massige Koberer lächelnd seinen stiernackigen Schädel von dem Dörflertrio ab und schleuderte der Gruppe Matrosen hinter Paul entgegen: „Kurz und dick, der Weiber Glück; lang und schmal, der Weiber Qual!". Die Seeleute sprangen sofort auf den Spruch an, fassten sich wie auf Kommando ans Gemächt und enterten „Lolitas Milchbar" mit all ihren Schönheiten, Geheimnissen und Betrügereien.

Kapitel 9

Mit der Zeit schaffte Paul es, sich mit dem Verlust seines Jobs, seiner Berufung, abzufinden. Krankenpfleger war das, was er wollte und konnte. Vor allem in der Psychiatrie konnte er den Menschen hilfreich sein. Er konnte selbst den Psychosekranken und schwer Depressiven zuhören. Marki sagte einmal, das sei sowieso schon eine gute Voraussetzung dafür, als Lokalreporter zu arbeiten. Paul hatte sich ja auch immer dafür interessiert, wie und warum die Dinge um ihn herum geschehen. Und er war gerne Holsteiner. Land und Leute gefielen ihm. Und so wurde er zu einer Gemeinderatsversammlung von Legendorfs Bürgermeister auch einmal als: „Und wir begrüßen außerdem von der Heimatpresse Herrn Meier", vorgestellt. Bis dahin war Paul gar nicht so wirklich bewusst gewesen, was er da tagtäglich so tat. Sicherlich mochte er den sehr direkten Kontakt zu Dorfbürgermeistern, Wehrführern, Hegeringvorsitzenden und Rassegeflügelzüchtern. Und auch das Fotografieren lag ihm immer schon. In der Schule hat Paul drei Jahre an der Foto-AG teilgenommen. Da lernte er neben dem richtigen Blick und der Technik einer Fotokamera auch die Arbeit im Fotolabor kennen und hatte sogar kleine Ausstellungen mit seinen Kunstwerken. Und das Schreiben sollte auch keine allzu große Hürde darstellen. Doch erst die Bezeichnung als „Heimatpresse" brachte ihn zu der Überzeugung, mehr zu bewirken, als nur Berichte runter zu leiern. Paul stellte sich jetzt vor, wie er aktuelle Themen runterbricht auf Lokalebene und so Bewusstsein schafft.

Wenn zum Beispiel die Vogelgrippe den Planeten überzog, dann ging Paul zu seinem Kumpel Herbert. Der züchtete Hühner und Tauben. So wie früher. Und der musste die Tiere jetzt aufstallen. Dann blieben die drin und durften draußen nicht mehr scharren und picken. Das wurde sogar vom Kreisveterinäramt kontrolliert. Da ging Paul dann auch noch hin. Und dann hatte Paul, so hoffte er, auch bei Oma Buthmann aus Travenort, seiner treuesten Leserin, die er sich immer am Frühstückstisch mit Kittelschürze und Muggefugg vorstellte, ein Bewusstsein für die Geflügelpest geschaffen. Manchmal bekam Paul sogar ganz direkt Rückmeldung. Wenn einem Kindergarten die Schaukel fehlte, dann meldete sich schon mal ein reicher Unternehmer aus der Region. Klar, der wittert auch nur kostenlose Reklame im Wotenberger Tageblatt. Aber der Kindergarten bekam seine neue Schaukel. Dafür lichtete Paul dann auch gerne einmal dreist grinsende Schleimbeutel vor Kindergärten ab.

Kapitel 10

Auf dem Trottoir am Spielbudenplatz
erwartete der Häuptling schon die Besucher.
Die lebensgroße Holzfigur war bis zum
Schluss Markenzeichen und Aushängeschild
des Hamburger Traditions-Unternehmens. Als
Karl-Heinz hinter dem Häuptling die Tür zu
Paul Hundertmarks Westernstore aufgestossen
hatte, strömte Paul der Duft von schweren
Lederjacken, alten Holztresen und groben
Wollhemden in die Nase. Diesen markanten
Duft würde er nie wieder vergessen. Der
Anblick von tausenden Jeanshosen,
Cowboystiefeln und Westernhemden drohte

den kleinen Jungen aus dem Töwenmoor schier zu erschlagen. Es gab sogar sämtliche Accessoires zu bestaunen und erwerben. Da lagen in Glasvitrinen Sheriffsterne, Sporen, Stiefelketten und nicht einmal Peacemaker-Revolver oder Winchester-Rifles fehlten in den Auslagen. So musste es im Himmel aussehen, wenn John Wayne sich neu einkleiden wollte. „Eines Tages", dachte Paul, „werde ich auch aussehen wie ein echter Cowboy von der Skull Ranch". Vorerst war er überglücklich, ein Bib Shirt zu ergattern; auch wenn nie ein echter Cowboy dieses Militärhemd getragen haben dürfte. Egal. Der Duke trug es in „Der Schwarze Falke".

Hoffentlich gab es ein rotes. Und die Größe musste ja auch stimmen. Paul brauchte 164 und überall waren nur amerikanische Größenangaben zu finden. Die Hüte hatten 7¾, die Jeans 32/34 und die Hemden 36.

Eine der schönsten Frauen, die Paul je gesehen hatte, trat zu dem kleinen Jungen. Paul schätzte, dass sie aus Spanien oder Mexiko kommen musste. Ihre endlos langen pechschwarzen Indianerhaare hatte die Verkäuferin zu einem dicken Zopf geflochten. Über der knallbunten Hippiebluse trug sie eine zottelige Wildlederfransenweste und die silberblauen Schmuckstücke konnte Paul gar nicht zählen. Eine Frau mit solch goldener Haut und tiefbraunen Augen ist dem Grundschüler im Töwenmoor noch nie begegnet. „Hallo, ich bin Elvira. Wie heißt Du denn?", fragte die Schönheit ihn dann auch noch. Mehr als ein quietschendes Fiepen kam dann von Paul auch nicht zur Antwort. Karl-Heinz sprang seinem neuen Sohn sofort zur Seite und entgegnete – deutlich unsicherer als gegenüber dem riesigen Koberer – der schönen Elvira: „Wir suchen für die Jungs so John-Wayne-Hemden. Haben Sie die in lütt?".

Kapitel 11

Mit seinem Reporterdasein hatte Paul sich recht schnell angefreundet. Bald war er bekannt im ganzen Landkreis als der „Schreiberling mit Cowboyhut". Denn den großen Westernhut trug er immer. Auch als erwachsener Mann. In jeder Situation. Ob im Theater, Rathaus, Restaurant oder bei Schulveranstaltungen. Die meisten Gastgeber akzeptierten ihn dann halt so, wie er war. Mit Hut, Weste und schweren Stiefeln spitzte er seinen Bleistift und notierte alles Gesagte über Spenden von Banken an Kindergärten, von Möbelhäusern an Herrenclubs, über

Wünsche und Nöte von ehrenamtlichen Bürgermeistern und am allerliebsten über glückliche Kinder beim Spielen, Basteln und Tanzen. Zu Kindergartenfesten, verkaufsoffenen Sonntagen und Zirkusprojekten erschien Paul in seiner Westernkluft, um tolle Bilder für Familienalben in Zeitungsartikel zu verpacken. Überhaupt war Paul immer wieder ganz begeistert, wenn er ein wenig Zirkusluft schnuppern durfte. Hinter den Kulissen und in den Wohnwagen der Artisten und Clowns. Sein Opa war schon großer Zirkusfreund gewesen und diese Liebe hatte er an Paul vererbt. Schnell musste Paul als Lokalreporter feststellen, dass sich hinter der bunten Glitzerwelt in der Manege oft unendlich viel harte Arbeit und Entbehrung verbergen. Aber an der selben Stelle fand er auch Stolz, Tradition, Gemeinschaft und eine Familienbande, die er so nirgendwo anders finden konnte.

Die Schattenseiten seines neuen Berufs fand Paul in Sitzungen aller Art. Mochte manch ein Kollege sich gerne die Nächte mit Gemeinderatssitzungen und Feuerwehrjahreshauptversammlungen um die Ohren schlagen. Paul freute sich immer, wenn ihn ein Förster zur Naturerkundeng einlud oder ein Bürgermeister bei einem langen

Spaziergang dem Heimatbund sein Dorf erklärte.

Absoluter Spitzenreiter in einer Serie des grausamen Sitzungsmarathons war die Jahreshauptversammlung der Freiwilligen Feuerwehr Klein Rinnsal. „Feuerwehr Achtung!", hieß es hier fünfeinhalb Stunden lang bei jeder noch so popeligen Ehrennadel. Paul war selbst Feuerwehrmann gewesen. Er fand diesen Dienst toll und stellte sein Engagement gern der Allgemeinheit zur Verfügung. Doch stundenlange Ehrungen und Ansprachen hielt er für Zeitverschwendung. Ein sehr alter Kamerad aus der

Ehrenabteilung brüllte glücklicherweise dann auch plötzlich: „Nu is ma Schulz hier mit feuerwehrachtung, schietwatt!". Endlich reagierte auch der Wehrführer und ließ Paul sein ersehntes Foto schießen, dem er schon mehrfach vergeblich hinterher bettelte. Selbst als Paul nach Mitternacht aus dem verrauchten Gasthof schlurfte, war für die armen Kameraden noch nicht Schluss. Aber Paul hatte sein Foto. Den Gedanken an seinen heutigen Stundenlohn verdrängte er lieber. Denn sein Honorar als Scheinselbständiger bemaß sich ausschließlich an den veröffentlichten Zeilen und Bildern. Heute waren es wohl nicht einmal zwei Euro pro

Stunde.

Kapitel 12

Die Würstchen im Schlafrock haben prima geschmeckt. Da waren Paul und Sören sich sofort einig. Auch der unbegrenzte Nachschub an Cola und Brause war himmlisch. Die endlos langweilige Zeremonie in der Wotenberger Lutherkirche war da schon längst vergessen. Bis zum Jawort wurden drei lange alte Kirchenlieder gesungen. Erst als „So nimm denn meine Hände" angestimmt wurde, erwachte Paul aus seiner Lethargie und begann, fröhlich mitzusingen. Leider musste er zur Kirche aber immer ohne seinen Kumpel Sören gehen.

Seine Eltern waren Unitarier und die gehen woanders zur Kirche. Oder gar nicht. Das wusste Paul gar nicht so genau. Doch zur Hochzeitsfeier im Meierschen Garten erschien dann auch Sörens ganze Familie. Sie wohnten, wie die meisten Gäste, auch in der Lindenstraße und zwar direkt neben Paul und seinen Eltern, Großeltern und der hochbetagten Urgroßmutter. Allesamt waren sie Flüchtlinge aus Rubitten in Preußisch-Holland. Das liegt in Ostpreußen und hat früher mal zu Deutschland gehört. „Aber jetzt nicht mehr und das soll meinetwegen auch so bleiben, solange es bloß nicht noch so einen furchtbaren Krieg gibt", hat Oma Waltraud immer wieder betont. Sie hat viel erzählt vom Krieg. Das hat Paul geprägt. Wie leid es seiner Oma damals getan hat, dass die Juden verschwunden sind. Sie hätte niemals gedacht, dass „der Hitler das wirklich so macht". Sie hat Paul erzählt, wie es war, im Winter 1944/45 die Flucht vor der Roten Armee über das zugefrorene Frische Haff zu wagen, um nach acht Kilometern die Frische Nehrung zu erreichen. Ganze Wagengespanne seien durch das Eis ins kalte Wasser gesunken. Aus Flugzeugen wurde auf Oma geschossen und am Wegesrand hat sie als junge Frau tote steifgefrorene Babys gesehen, die nicht mehr beerdigt werden konnten.

Auch Opa hat vom Krieg erzählt. Er hat damals in Hamburg gewohnt. „Nicht in Hamburg. In Altona", hatte der alte Mann immer betont, denn als Opa geboren wurde, 1910, da war der heutige Bezirk Altona noch eine eigenständige Gemeinde. Im Hafen habe er gearbeitet und war in der SPD so wie alle Hafenarbeiter. Bis die Schläger von der SA gekommen sind. Und dann ist Opa durch die Scheibe des Parteibüros hinaus geflogen auf die Straße. Später musste Opa mit der Eisenbahn nach Russland und wurde dann immer ein bisschen traurig und sehr durstig. Er trank immer sehr viel Holstenbier. Auch Jahrzehnte nach dem Krieg noch. „Zum

71

Vergessen", sagte Opa einmal. Und die Lindenstraße war voller Flüchtlinge aus Pommern, Schlesien, Ost- und Westpreußen und wie die Länder alle hießen, die Paul heute nicht mehr kennenlernen wird. Sie existieren nur noch in den Erinnerungen der Alten. Und in Paul leben sie noch ein bisschen weiter.

Kapitel 13

Paul kam gut zurecht mit seinem neuen Leben. Es war manches Mal etwas anstrengend, wieder bei den Eltern zu wohnen. Doch auf der anderen Seite waren Elfriede und Karl-Heinz Meier ganz und gar vernarrt in Vicky, ihre Enkeltochter. Gemeinsam unternahmen die Drei Ausflüge, gingen jeden Sonnabend gemeinsam zum Wochenmarkt und in die Eisdiele. Auch die Urlaube der Großeltern fanden nun grundsätzlich mit der Enkeltochter statt. Das schätzte Paul sehr an seinen Eltern. Doch er selbst musste sich jetzt wieder mit Mami arrangieren, wenn er Freunde einladen wollte oder im Garten einfach nur den Grill aufbaute. Eine Art WG mit Chefin. Und die hieß Elfriede. Vickys Mutter lebte derzeit mit einem ihrer Kommilitonen in einer Kieler Wohngemeinschaft und Paul war quasi jetzt schon alleinerziehend. Ein Vorgeschmack auf den bald folgenden Auszug von Vickys Mutter, der dann bereits keine allzu großen Neuerungen mehr in Pauls Leben bringen sollte.

Er brachte sich von Anfang an, immer als einziger Mann, in die Arbeit des Elternbeirats im Kindergarten und in der Schule ein. Paul brachte Vicky zum Sport, zum Reiten und zu ihren Freundinnen. All das hatte Paul immer mit volle Einsatz und einigen Entbehrungen über die Bühne gebracht und nun sollte er bis zum Studium seiner kleinen Tochter der Familienersatz in sämtlichen Belangen sein. Seine Kumpels hatten nie wirklich Verständnis dafür. „Ich muss heute babysitten", erboste sich sein Freund Bernd einmal, „Paula hat ihren Elternabend". Bernd war es einfach nicht gewöhnt, Zeit mit seinem kleinen Sohn zu verbringen und stattdessen einmal auf das Feierabendbier mit seinen Freunden zu verzichten. Mit der Zeit brachte Bernd seinen Sohn dann doch immer häufiger mit zu den Clubtreffen und heute ist auch Bernds Sohn ein hoch angesehenes Mitglied der „Northern Cowboys".

Kapitel 14

Zu Pauls Erstaunen setzte sich die gesamte Hochzeitsgesellschaft bald nach dem Essen in Bewegung. Er selbst wurde von seiner Mutter dazu angehalten, mit seinem Freund Sören der Karawane zu folgen. Hinter der letzten Häuserreihe konnte Paul den Spieli ausmachen und wurde trotz der tollen Hochzeitsfeier noch einmal richtig wehmütig. Er dachte an das Turnier, das jetzt jeden Augenblick angepfiffen werden musste. Heute sollte sich entscheiden, ob der Bolzplatz ein Jahr lang den Jungs aus dem Töwenmoor oder den Rappelsnuten aus

Fahrnkroch gehören sollte. Und er war nicht dabei. Wegen ihm und der Hochzeitsfeier fehlte auch Sören in der heimischen Elf. Paul hörte sogar schon die Gesänge der Schlachtenbummler. Alle Kinder aus der Umgebung waren gekommen, um das Match zu sehen. Da stand Pauls neuer Papa mitten auf dem Bolzplatz, hatte sein Hochzeitssakko ausgezogen und grinste von einem Ohr zum anderen. In seinen Händen hielt er einen echten Lederball. Keinen FIFA-lizensierten Markenfußball, aber eine echte Schweinslederpille, die er seinem Sohn zuwarf und neben Karl-Heinz stand Sörens kleiner Bruder Harro mit zwei Garnituren

Turnzeug. Der Kessel vibrierte bereits und Paul und Sören konnten gar nicht schnell genug aus ihren neuen Festtags-Westernklamotten kommen. Paul sah sich selbst schon gefeiert wie Horst Hrubesch, das Kopfballungeheuer, das im Nachbardorf lebte.

Dieser weltberühmte HSV-Spieler empfing die Jungs aus Töwenmoor eines schönen Tages in seinem Haus am See. Dort wollten die Lütten eigentlich nur um die Ecke schielen und hatten dabei gehofft, dass hier in diesem Haus wirklich eines ihrer Idole lebte. Wie zu Salzsäulen erstarrt stand die Bande dann vor Horst Hrubesch, als dieser in den Vorgarten trat, um alle auf eine kühle Mirinda einzuladen. Der Gigant erzählte dann von seinem letzten Spiel gegen die Loser aus Bayern und bat die Jungs danach, ihm doch bitte in Zukunft seine Ruhe zu lassen, schließlich sei das Leben als Fußballprofi manchmal sehr anstrengend und, um gute Leistung auf dem Platz zu bringen, benötige er diesen Rückzugsraum am See. Verständnisvoll bedankten sich die Jungs beim Kopfballungeheuer und belästigten ihn fortan nicht mehr daheim. Nur einmal sollte Paul sein Idol noch wiedersehen. Seine Mutter ging mit Paul ins Volksparkstadion und beim Einlauf der Spieler war Paul sich ganz sicher, dass Horst Hrubesch ihm ganz persönlich zugewunken hatte.

Kapitel 15

Pauls Mutter bekam früh den Krebs. Zu der Zeit hatte Paul noch auf Station gearbeitet. Er war gerade Schüler auf der Chirurgischen. Auch als Pflegelehrling einer psychiatrischen Klinik musste Paul die verschiedenen Bereiche eines Allgemeinkrankenhauses kennenlernen. So befand sich Paul in der Kompanie des herrschsüchtigen Fred Kagel. Ein kleiner deutschnational verseuchter Minidiktator in seinem Reich, der chirurgischen Station des Kreiskrankenhauses. Mit süffisantem Grinsen quittierte Fred jedes Fettnäpfchen, in das er

Paul lotste. Der Chefsessel am Frühstückstisch war einzig und allein dem größten aller Krankenpfleger vorbehalten. Was Paul natürlich nicht wusste. Woher auch. Die Pausen eines Krankenpflegers sind selten und knapp bemessen. Während ein Weißkittel sich gleichzeitig Stulle, Fluppe und Kaffeepott ins Gesicht manövriert, läuft die Klingel weiter auf Hochtouren. Hilflose Patienten drücken natürlich auch während der Frühstückspause auf den Notrufknopf am Bett, um zur Toilette zu gelangen, Schmerzmittel zu bekommen, den durchgesuppten Verband bei den Schwestern zu melden oder einfach nur aus Angst vor der bevorstehenden Operation.

Und für all diese Belange wollte Paul ja auch gerne da sein. Das sollte sein Beruf sein. Doch schon jetzt während seiner Ausbildung spürte der Zwanzigjährige deutlich, dass Pflegepersonal sehr gut auf sich selbst acht geben musste und es sehr oft doch einfach nicht schaffte, die eigenen Belange durchzusetzen. Und die eigenen Belange bestanden oftmals einfach nur aus Durst, Hunger und Pippi. Für all diese profanen Bedürfnisse war nur selten Zeit genug übrig zwischen dem Dauerklingeln im Rufsystem, den Patientenakten, die dringend gepflegt werden wollten und der Visite mit den Halbgöttern in Weiß und ihren Schützlingen. Und zwischen all diesen Anforderungen, die ja ganz neu an Paul in sämtliche Richtungen zerrten, nahm sich der Pflegeschüler im zweiten Jahr die Zeit, sein Käsebrot zu verspeisen während er sich ein Reval ansteckte und schwarzen Kaffee eingoss. Ein fürchterliches „Aha!" dröhnte da plötzlich durch das kleine Schwasternzimmer. „Habe ich Dich erwischt, Du Wicht!", zischte Fred in Pauls Richtung. Fred hatte Pauls Tasse, die mit dem Wolpertinger darauf, vor den hochheiligen Chefsessel gestellt.

Der Alltagsstress hatte Paul voll im Griff und so setzte er sich einfach nur zu seiner Tasse. Die Strafe für das Besetzen des hochheiligen Chefsessels lautete: Steckbecken auswaschen! In regelmäßigen Abständen mussten sämtliche Bettpfannen der Station neben der täglichen Reinigung gründlich geschrubbt und desinfiziert werden. Für diese Prozedur musste Paul nun die Stationsbadewanne mit scharfem Desinfektionsmittel füllen und alle Steckbecken darin einweichen und mit einem groben Schwamm ausschrubben. Von den massenhaften Ausdünstungen der chemischen Brühe wurde Paul fast ohnmächtig. Aber er hatte schließlich Majestätsbeleidigung auf dem Kerbholz und so schrubbte er, was das Zeug hielt.

Womit Fred jedoch nicht gerechnet hatte, war die schöne Anja. Ein Schneewittchen mit den Kurven einer klassischen Sanduhr. Wenn Anja den Raum betrat, wurde es still vor Ehrfurcht und selbst Fred bekam große Augen, wenn die schöne Anja in seiner Nähe war. Ebenjene Anja betrat nun das Badezimmer der chirurgischen Station. „Echt fies, der Fred, oder?", fragte sie Paul und beschrieb dem breit lächelnden Lehrling, wie sie Finalgon auf die Klobrille des Stationsvorstehers gerieben hatte, einem sehr starken Mittel zur

Durchblutungsförderung, das den Betroffenen in diesem Fall in den Wahnsinn getrieben hatte. Mit eiligem Storchengang verschwand Fred Kagel in Richtung Kneippbecken, in dem er sein Gesäß vor aller Augen gekühlt hatte.

Kapitel 16

Von der ersten Spielminute an war Paul wie beseelt. Er hatte nachgegeben und ist mit zur Hochzeit gegangen. Und das hat sich bereits am Hochzeitstag selbst ausgezahlt. An diesem denkwürdigen Tag im Töwenmoor konnte der kleine Paul noch nicht ahnen, wie sehr sich sein Leben durch die Hochzeit seiner Eltern zum Positiven wenden sollte. Eine alleinerziehende Mutter war in den siebziger Jahren noch ein Unikum und nirgends hoch im Ansehen. Gesellschaft und Gerichte gaben grundsätzlich der Frau die Schuld an der „Zerrüttung der Ehe", wie es damals hieß und immerhin einen juristischer Fortschritt vom vorangegangenen Verschuldensprinzip darstellte. Elfriede war eine moderne Frau und eckte damit oft an. Frauen mit eigenen Meinungen, hoher Bildung und selbständigen Lebensentwürfen waren noch in den siebziger Jahren des zwanzigsten Jahrhunderts Mangelware.

Bis 1958 hatte der Ehemann auch das alleinige Bestimmungsrecht über Frau und Kinder inne. Auch wenn er seiner Frau erlaubte zu arbeiten, verwaltete er ihren Lohn. Bis 1969 galten verheiratete Frauen ganz offiziell und pauschal als „nicht voll geschäftsfähig". Erst 1977 begann die erste Frau ihren Job ohne die Zustimmung ihres Ehemanns; bis dahin mussten Ehefrauen den Herrn des Hauses um Erlaubnis bitten, um arbeiten gehen zu dürfen. Zu diesem Zeitpunkt konnte Elfriede Meier bereits auf zehn Jahre Bürotätigkeit zurück blicken. Und oftmals war sie in ihrem Job sogar um Meilen besser aufgestellt als ihre männlichen Kollegen. Trotz ihrer umfassenden Kenntnisse um das globale Warengeschäft mit Kaffee und Süßwaren bremsten ihre Chromosomen sie immer wieder aus. Trotzdem vermittelte Elfriede ihrem Paule ungerührt den Eindruck, dass allein Bildung den Weg zum Erfolg pflastern könne. Und Paul hielt sich an diese Vorgabe. Schließlich bläute ihm auch seine Großmutter ein, dass ein Leben als einfacher Arbeiter hart und entbehrungsreich sein würde.

Sie selbst musste schwer schuften als Flüchtling aus Ostpreußen, der 1945 auf einem Gut in Holstein gestrandet war. In der Meierei durfte sie Milchkannen schleppen vom Morgen bis zum Abend. Und ihr damaliger Ehemann, der Papa von Elfriede, wurde als Hilfsarbeiter in der Landwirtschaft keine sechzig Jahre alt und durfte nicht einmal mehr sein einziges Enkelkind begrüßen. Bis Pauls Oma ihren „Kavalier" kennenlernte, den Opa aus Hamburg-Altona, hatte er gar keinen Großvater zu Gesicht bekommen. Auch der Vater seines Erzeugers, den Paul im Folgenden erfreulich selten zu Gesicht bekommen sollte, starb jung und lernte Paul nie kennen. Und nun gab es Karl-Heinz. Von ihm sollte Paul viel lernen über Frauen, gutes Essen und Krisenbewältigung. Drei Dinge, die in Pauls Leben immer wieder erfreuliche oder unheilvolle wechselseitige Beziehungen eingegangen sind.

Kapitel 17

Nach der Ausbildung fand Paul in diversen Altenheimen Anstellung, denn der Arbeitsmarkt für Pflegekräfte unterschied sich damals deutlich von dem heutigen. Die heute systemrelevanten Krieger an der Pflegefront waren Anfang der Neunziger allgemein bei Volk und Politik maximal als „Pippipanscher" oder „Irrenwärter" verschrien, je nach Einsatzgebiet. Und auch nur, falls sie überhaupt wahrgenommen wurden. Der Lohn war immer schon äußerst karg, schließlich ist Krankenpflege ja ein traditionell weiblicher Beruf und aus irgendeinem unerfindlichen Grund müssen Frauen ja in Deutschland viel weniger verdienen als Männer. Daran hat auch die Coronakrise nichts geändert. Lediglich eine Anerkennung in Form einer staatlichen Prämie stand zur Debatte, wurde aber auch von der Steuer angefressen und verpuffte recht bald. Echte Lohngerechtigkeit wurde so nicht geschaffen. Paul stand der Tatsache, dass eine Krankenschwester gerade einmal die Hälfte dessen in der Lohntüte hatte, was der einfachste Industriearbeiter bekam, fassungslos gegenüber.

Trotzdem war es für Paul eine

Lebensaufgabe, seine kranken Mitmenschen zu pflegen. Genauso erging es auch den meisten seiner Berufskolleginnen und -kollegen. Das wussten Krankenhaus- und Altenheimbetreiber und konnten so ihre Betriebe immer mehr von der staatlichen Fürsorge abkoppeln und privaten Profit maximieren. Wer in den neunziger Jahren ein Altenheim aufmachte und nicht nach einem Jahr einen Porsche vor der Tür stehen hatte, der hat es einfach nur irgendwie erfolgreich geschafft, sich gegen das viele hereinströmende Geld zu wehren. Für Paul wurde die Arbeit immer schwerer und er wusste leider auch nicht, wie man sich gegen

Überforderung abgrenzt. Als Frau Gerber stürzte, folgte ein erstes Umdenken. Paul hatte Spätschicht im Martin-Rinckart-Haus. Das hieß schon damals, vor über zwanzig Jahren, dass er mit einer Kollegin alleine verantwortlich war für siebzig alte und hilfsbedürftige Menschen. Sicher lebten einige dieser Bewohner sehr selbständig vor sich hin, hatten das Altenheim fast nur zur Sicherheit bezogen. Doch auch diesen Menschen passieren Missgeschicke. Deswegen leben sie ja im Heim. Und viele Bewohner lagen stramm im Bett. Konnten sich nicht selbst waschen, waren nicht in der Lage, selbständig zur Toilette zu gehen und konnten sich nicht selbst in der Küche Kartoffeln und Tee kochen. Und ihre einzige Möglichkeit, ihre grundlegenden Bedürfnisse zu erfüllen, war der rote Knopf am Ende einer Strippe, die zum Kopfende des Pflegebetts führte. Dieser Knopf löste ein Blinksignal im Schwesternzimmer aus, das von einem Piepen begleitet wurde. Dieses Blinken und Piepen stoppte nie. Während keiner Schicht. Eine Reduktion auf ein oder zwei Hilfsbedürftige in Not war schon erleichternd. Doch der Spätdienst des Ostersonntags im Jahr 1999 brach Pauls Pflegerherz nachhaltig.

Es müssen zwölf Klingelnde gleichzeitig

gewesen sein. So genau konnte Paul das in der Hektik nicht zählen. Erst die Heimleitung konnte diese Zahl in einer späteren Manöverkritik am Notrufcomputer ermitteln. Schon den zweiten Notrufenden erreichte Paul nämlich zu spät. Der flüssige Stuhlgang war schon beim Eintreffen der helfenden Hände über das ganze Bett verteilt. Herr Render entschuldigte sich tausendmal. Und vor Scham lief er hochrot an. Doch Paul konnte bei Bewohner Nummer zwei noch ruhig und gelassen bleiben. Mit routinierten Handgriffen wurde geputzt, gewischt, gepudert und gecremt und frisch bezogen. Ein seliges Lächeln des Bewohners beflügelte

99

Paul ab sofort. Doch die Toilettengänge, Stürze, leeren Teetassen und suppigen Verbände schienen heute kein Ende zu nehmen. Um von dem Piepton nicht wahnsinnig zu werden, stellte Paul einige Bewohner auf einmal stumm, markierte sie also als erledigt im System.

Erst am nächsten Morgen, zur großen Inquisition, wurde Paul bewusst, dass er Frau Gerber zwar im System als gut versorgt markiert hatte. Leider aber hatte er in all dem Stress des gestrigen Tages komplett vergessen, die alte Dame auch wirklich zu versorgen. Erst die Nachtwache entdeckte die neunundachtzigjährige Schlesierin halb ohnmächtig auf dem Fußboden ihres Zimmers. Frau Gerber wollte nach langem Warten selbständig den Toilettenwagen neben ihrem Pflegebett erreichen. Doch sie war auch bei diesem sehr kurzen Weg dringend auf Unterstützung angewiesen, da sie im Krieg ihr rechtes Bein verloren hatte und sich nun, im hohen Alter, kaum noch auf dem verbliebenen linken Bein halten konnte. Sie fiel hin, brach sich den Oberschenkelhals, drückte den Notrufknopf und dämmerte dann dahin. Paul ertrug diese Schuld kaum. Er flüchtete sich mit seinem besten Kumpel Jack Daniel in bessere Welten. Doch die Realität holte ihn immer wieder ein und so beschloss Paul Meier, an seinem Leben etwas grundsätzlich zu ändern.

Kapitel 18

Paul war wie immer in der Verteidigung eingesetzt worden. Hier brauchte es bei einem Turnier wie diesem keine besonderen spielerischen Fähigkeiten. Er durfte nur einfach keine Angst kennen. Und Paul war robust und hielt einiges aus. Er konnte stehenbleiben wie ein Säule. Auch wenn drei Mann auf ihn zugerannt kamen, blieb sein Blick fest auf den Ball gerichtet. Das war oft nicht gesund für ihn, aber effektiv für den Spielverlauf. Und so kam es auch, dass Paul am Hochzeitstag seiner Eltern, dem Tag des großen Turniers, nicht einmal Gonzo ausgewichen ist. Gonzo war eigentlich ein super Typ. Als Erwachsene sollten Paul und Gonzo dicke Kumpels werden. Doch 1982 war das Jahr der Rivalität zwischen Tövenmoor und Fahrnkroch. Und diesen, vollkommen unbegründeten, Zwist nahm Gonzo bitter ernst. Einmal kam Paul von der Schule heim und hatte, wie seine Kumpels aus dem Tövenmoor auch, seine Schlittschuhe schon dabei. Denn im Grenzgebiet zwischen Tövenmoor und Fahrnkroch befand sich eine ganz tolle Feuchtwiese, auf der sich alljährlich ein toller flacher See gebildet hatte, der richtig schnell und durch die geringe Tiefe auch besonders sicher zugefroren war. Hier spielten die Jungs aus dem Tövenmoor gerne Eishockey mit selbstgeschnitzten Schlägern und Pucks. Die ließen sie immer im Knick, um sie nicht herumschleppen zu müssen. Zum Glück entdeckten die Jungen aus Fahrnkroch die Ausrüstung nie. Leider entdeckten sie an diesem Tag aber die Spieler aus dem Tövenmoor. „Alle Mann nach Hause!", brüllte Sören noch geistesgegenwärtig. Und da rissen sich auch schon alle Spieler ihre Schlittschuhe von den Füßen. Nur Paul war im ersten Drittel von der Bahn abgekommen und in eine Pfütze getreten. Jetzt waren seine Schlittschuhe mit einer dicken Eisschicht bedeckt und er bekam sie nicht vom Fuß gezogen. Nicht einmal die Schnürsenkel ließen sich lockern. Paul musste wohl oder übel auf Schlittschuhen fliehen. Er hätte auch genauso gut sitzen bleiben können. Natürlich ist jeder Gegner auf Rasen schneller als der Dussel mit den Schlittschuhen. Gonzo erreichte Paul mühelos, griff sich von hinten dessen Schläger und zog dem Besiegten das Spielgerät über den Buckel. Als Paul von dem Schlag hinfiel, ließ Gonzo von ihm ab. Wenn einer am Boden liegt, dann hört man auf. Jahrzehnte später, Paul und Gonzo waren längst gute Freunde und Clubkameraden geworden, erzählte Gonzo diese Story im Clubhaus, ohne zu wissen, dass es sich damals um Paul gehandelt hatte. Ein kühles Blondes auf Gonzos Kosten schaffte auch diese uralte Geschichte schnell aus der Welt und änderte an der Freundschaft rein gar nichts.

Kapitel 19

Um die Ohnmacht und Hilflosigkeit des Berufs und das Leiden und Sterben im Stationsalltag nicht mehr alleine tragen zu müssen, entschied Paul sich, Diakon zu werden. Hier konnte er Halt im Glauben und in der Gemeinschaft finden. Dachte er. Doch auch die liebevollsten Mitmenschen konnten seinen Zusammenbruch nicht mehr aufhalten. Paul war in einen Kurs geraten, der in vielerlei Hinsicht besonders war. Denn Diakone waren geradewegs auf dem Trip in die Versenkung. In den Kirchengemeinden wurden sie wegrationalisiert und in den sozialen Einrichtungen wusste fast niemand mehr etwas mit diesen Dienern ihres Glaubens anzufangen, selbst wenn viele Einrichtungen noch das Wort „diakon" in ihren Namenszügen führten. Paul Meier besuchte den letzten Kurs seiner Art in Schleswig-Holstein. Und dieser Kurs war zusammengewürfelt aus Menschen mit allen erdenklichen Beweggründen, die jemanden in diese Verzweiflungstat drängen könnten. Bei vielen der 20 Teilnehmer stand im Vordergrund, dem Job einen neuen Sinn, neuen Schwung, ein neues Selbstbild zu verleihen, das den Dienst für den zukünftigen Diakon erträglicher, leichter und sinnvoller werden lässt und damit auch den Hilfsbedürftigen einen neuen Tag beschert. Da waren die Gemeindepädagogin, die besser auf ihre Konfirmanden eingehen möchte, der Altenpfleger, der seinen Job liebt aber mit dem gewinnorientierten Alltag seiner Einrichtung hadert, aber auch das Hausmütterchen, dessen Jahreshighlight, der Weltgebetstag der Frauen, sich ihrer Meinung nach gerne auf das gesamte Kalenderjahr ausdehnen möge. All diese unterschiedlichen Charaktere musste Eva unter einen Hut bringen. Eva war eine gestandene Pastorin, fest in ihrem Glauben, immer gefasst und mental unheimlich stark. All das sah man ihr erst auf den dritten Blick an. Denn Eva war auch bescheiden und zierlich im Körperbau. Sie konnte gleichzeitig Bibelverse mit frauenbewegten Damen der besseren Gesellschaft im Dorfe vertanzen und auch mit Paul und Martina, den überzeugten Befreiungstheologen, über die politische Wirkung des Lebens und Leidens Jesu Christi diskutieren. Und alle liebten Eva. Der Kurs dauerte zwei Jahre, in denen Paul noch ein wenig Halt finden konnte. Doch nebenbei zerfiel sein Leben in Einzelteile. Die Ehe mit seiner ersten großen Liebe, einer Frau, die er als Fünfzehnjähriger kennenlernte und die zwölf Jahre lang seine erste Freundin bleiben sollte, scheiterte gerade dann, als der erste Nachwuchs das Licht der Welt erblicken sollte. Das Haus musste verkauft werden und Paul suchte sich eine neue Arbeitsstelle. Alles während der zwei Jahre Ausbildung zum Diakon. In diese Zeit fielen auch schlimme Alkoholexzesse und Mopedtouren. Paul verlor immer mehr den Halt und unterbrach auch den Kontakt zu seinen Eltern fast vollständig. Freunde von früher wandten sich von Paul ab. Nur Sören sollte ein Leben lang zu ihm halten, auch wenn Paul selbst nie wirklich wusste, wie man Freundschaften richtig pflegt.

Kapitel 20

Erst in der zweiten Halbzeit fiel das erste Tor. Fahrnkroch führte nach der Pause Eins zu Null. „Das darf nicht sein", dachte Paul unter Hochspannung, „Nicht heute!". Der große Berni war schon auf der Oberschule und spielte für Fahrnkroch im Sturm. Er hatte Paul einfach umgerannt wie eine Dampfwalze und dann auch noch Glück gehabt mit einem eher schwächlichen Schuss auf den Tövenmoorer Kasten. Paul war gewarnt. Es wurde mit harten Bandagen gespielt. Paul hat in seinem ganzen Leben niemals jemanden geschlagen. Nicht als Junge und auch nicht als Mann. Dementsprechend gut konnte er einstecken. Das galt jedoch nur für ihn selbst. Erkannte Paul Ungerechtigkeit, kribbelte es oft in ihm. Manchmal war das auch einfach nur dämlich, manch mal änderte dieses Kribbeln sein ganzes Leben.

Als Paul fünfzehn Jahre alt war, saß er auf einer Parkbank in der Fußgängerzone vor seinem Lieblingsimbiss. Gerade begann er, sich für Marianne Unrath zu interessieren, eine Mitschülerin, die schon in ihrer Weltanschauung gefestigt war und regelmäßig an Demos in der Hafenstraße teilgenommen hatte. Auch Paul trug gestreifte Jeans wie

Mick Jagger, hatte lange zottelige Haare, Ohrringe, trug bunte Hippiehemden und tonnenweise Indianerschmuck. Optisch hätte er bestens in Hamburgs alternative Szene gepasst. Auch sein Sinn für Gemeinschaft und Solidarität war längst geweckt worden. Doch die Hemmschwelle vor der großen Stadt war noch enorm. Da war Marianne schon weiter gekommen. Und sie hatte auch schon den lockeren Lifestyle der Punks aus der Hafenstadt inne. „Ey, Glatze! Sag mal, wie spät ist es jetzt?", rief sie schief grinsend dem örtlichen Oberschlägernazi hinterher, als dieser den Imbiss passierte. Holgi war intellektuell eher als Einzeller angelegt und seine Zündschnur war so kurz und hochentzündlich wie die eines billigen Polenböllers. Im wuchtigen Stechschritt eilte Holgi nach einer militärischen Kehrtwende auf das Pärchen zu, griff sich Paul am Hemdkragen und brüllte diesen an: „Auf Dich hatte ich schon lange Bock, Du Zecke!". Da hatte Paul auch schon Holgis Faust im Gesicht, wortlos wandte sich der glatzköpfige Zyklop wieder von Paul ab und ging ungerührt seines Weges. Kein einziger Passant mischte sich ein, denn die Nazis waren eine echte Macht Anfang der Neunziger und leider teilten auch etliche Wotenberger Bürger stillschweigend die

116

rassistischen, homophoben und antisemitischen Vorurteile der rechtsradikalen Schlägertrupps. Selbst mit ihren groß angelegten Geburtstagsfeiern an jedem zwanzigsten April ließ man die Nazis alljährlich gewähren und tolerierte auch zweihundert gewaltbereite Dumpfschädel mit Hitlergruß am Busbahnhof. Mit den Jahren verschwanden zwar die Glatzen mit ihren Bomberjacken und Springerstiefeln aus dem Wotenberger Straßenbild, doch nicht aus den Köpfen. Schließlich wurde dieser Teil des politischen Diskurses geschickt ausgeklammert und so tauchten die rechten Mörder und Vergewaltiger kurz vor der

Coronakrise noch einmal aus ihren Löchern auf. Dieses Mal bekamen sie allerdings deutlichen Gegenwind mit riesigen Demos, Gottesdiensten, Freundschaftsspielen und Solidaritätsbekundungen. Dieses Mal war der Spuk schnell wieder vorbei.

Kapitel 21

Selbst der Halt, den Paul gefunden hatte in der Gemeinschaft konnte den Zusammenbruch nicht verhindern. Man sprach sich gegenseitig mit „Bruder" und „Schwester" an. Doch das war meist nur notwendig, wenn das Gegenüber an die Brüderlichkeit erinnert werden musste. Ansonsten reichte der Vorname und das Gefühl des Zusammenhalts. Denn der war wirklich vorbildlich und konnte bei Paul zumindest den Gedanken auslösen, dass er nicht allein ist mit seinem Leben. Die Umsetzung dieses Gedankens dauerte nach der feierlichen Einsegnung am 11. November 2001 noch zwei Jahre. Natürlich setzten alle frisch gebackenen Diakoninnen und Diakone im altehrwürdigen Schleswiger Dom um 11.11 Uhr eine rote Clownsnase auf und auch das Abschlussfoto gibt es in zwei Versionen; mit und ohne Karneval. Doch sehr bald nach der Einsegnung stand Paul wieder alleine da, die regelmäßigen Treffen im Predigerseminar fielen weg und privat war Paul kaum in der Lage, Freundschaften einfach nur zu pflegen, damit es ihm und den Freunden gemeinsam gut geht. Paul benötigte immer einen ordentlichen Anlass, um einen Freund zu besuchen. Das tat er seinem Vater nach, der ebenfalls nur für Hilfeleistungen zu seinen Freunden ging. Karl-Heinz war als Computerspezialist gefragt und hoch angesehen. Doch Paul hatte seinen Vater niemals gesehen, wie er einfach nur einen Freund besucht hatte, um mit diesem Zeit zu verbringen. Auch Paul schaffte es nur sehr selten, sein Haus ohne triftigen Grund zu verlassen. So folgte den Monaten mit den Brüdern und Schwestern, die er leiblich nie hatte, wieder eine bleierne Zeit aus Arbeitsstunden und Familie, dieses Mal in Hamburg. Denn kurz nach der Einsegnung im Schleswiger Dom wurde Pauls Tochter Vicky in Barmbek geboren und von Anfang an sah

Paul es als seine Aufgabe an, dieses kleine Mädchen zu versorgen und sein eigenes Leben hinten anzustellen. Dadurch vergaß Paul leider komplett, für sein Wohlergehen zu sorgen. Er verlor sehr stark an Gewicht, die Waage zeigte bald nur noch sechzig anstelle der sonst üblichen neunzig Kilogramm Körpergewicht an. Hinzu kamen immer häufiger immer verrücktere Gedanken, die zwei Jahre nach der Einsegnung in einem kompletten Nervenzusammenbruch gipfelten und Paul den ersten Klinikaufenthalt bescherten. Die psychiatrische Abteilung des Universitätsklinikums Eppendorf erwies sich als bedingt hilfreich. Mit drastischen

Medikamentendosierungen verspürte Paul zwar punktuelle Linderung, doch der Durchbruch ließ noch weitere Jahre auf sich warten, in denen Paul, nun mittlerweile als Erwerbsunfähigkeitsrentner, fast nur schlafen und grübeln konnte. Seine ganze verbliebene Kraft steckte er weiterhin in seine kleine Familie, was am Ende aber auch niemandem helfen konnte, vor allem Paul war einfach nur ausgelaugt.

Kapitel 22

Paul fühlte sich wohl auf seiner Position. Als Spieler in der Verteidigung fühlte er sich sicher; die Verantwortung schien ihm gering. Immer, wenn Tövenmoor einen reinkriegt, dann ist der Torwart schuld. Und wenn die Pille mal wieder nicht im Tor der Gegner gelandet war, dann hat natürlich der Sturm versagt. In der Verteidigung hatte Paul sich behaglich eingeigelt. Manchmal ging es hier ruppig zu, aber körperliche Schmerzen vergehen wieder. Wenn einer was zu Dir sagt und das tut dann weh, dann geht das nie wieder weg. Dinge, die Paul als Junge zu hören bekam, prägten sein Leben noch als alter Mann. Am allerschlimmsten war Pauls Spitzname in der Oberschule. Schon in der Sexta, Paul war gerade auf Empfehlung seiner Klassenlehrerin in der Grundschule frisch aufs Gymnasium gegangen, bekam Paul wieder zu spüren, dass er ein Außenseiter war. Seine Mutter hatte zwar endlich wieder einen Ehemann und damit hatte Paul ja auch einen tollen Papi bekommen und er war auch endlich seinen lästigen Geburtsnamen los, denn Karl-Heinz hatte Paul auch adoptiert und dem Jungen seinen Nachnamen Meier vererbt, doch das Mobbing ging jetzt auf dem Willy-Brandt-Gymnasium erst richtig los.

Denn hier waren Paul und Sören die Asis. Beide lebten im Tövenmoor in schönen Häusern. Hier waren sogar alle Häuser gleich schön, denn jeder hatte das selbe Haus wie sein Nachbar. Heimatvertriebene erhielten hier die Chance, zwanzig Jahre nach dem Krieg in Nebenerwerbssiedlungen eigene große Grundstücke mit eigenen Wohnhäusern zu sehr guten Konditionen zu erwerben. Dafür hat ein Architekt ein einziges Haus entworfen, das dann zigfach gebaut wurde; immer identisch. Und Pauls Familie hatte wie alle Familien im Tövenmoor auf der eigenen Scholle eigene Johannisbeeren, Kartoffeln, Stachelbeeren, Hühner, Erdbeeren, Gänse, riesige Karnickel und von allem so viel, dass es eine eigene Speisekammer mit Kartoffelkeller brauchte, um den Überfluss einzulagern. Doch auf dem Gymnasium kam Paul mit Kindern zusammen, deren Ärztepapis dem Töchterchen schon Australien gezeigt hatten, deren Anwaltspapis dem Sohnemann zu dem eigenen Klavierleherer auch gleich ein eigenes Klavier geschenkt hatten, wenn es denn nicht sowieso schon Bestandteil des anwaltlichen Hausrats gewesen war. Pauls Familie hatte eine Blockflöte. Aber die mochte Paul nicht. Er wollte Posaune spielen wie Glenn Miller. Da schickte ihn seine liebe Oma zum kirchlichen

Posaunenchor und kaufte ihm ein Tenorhorn. Das war superlieb, aber in Relation zum heißen Jazz mit der Zugposaune in etwa so weit entfernt wie die Zither einer Trachtengruppe von der Fender Stratocaster eines Jimi Hendrix. Und in etwa so weit weg war auch die Lebensrealität der Mitschüler vom Leben der beiden Jungen aus dem Tövenmoor. Den bösartigen Spitznamen, den Jörg sich damals für Paul ausgedacht hatte, wurde er nie wieder los. Selbst nach Jahrzehnten Distanz zu seinen damaligen Peinigern wurde Paul noch auf offener Straße dieser Kinderhassname entgegen gerotzt. Und seine ehemaligen Mitschüler dachten sich auch als erwachsene Menschen noch nichts dabei, Paul so sehr zu beleidigen. Jeder tat es schließlich. Jörg hatte damals sogar die Lehrer aufgestachelt, in seinen Schmähgesang mit einzustimmen. Und die Pädagogen, die diesen Titel damals wie heute im Willy-Brandt-Gymnasium kaum verdienen, waren offensichtlich der gleichen Meinung wie all die elitären Golfclubmitglieder, Cabriofahrer und Boss-Sweatshirt-Über-der Schulter-Zusammenknoter, die auf Paul und Sören herabschauten und -schauen.

Kapitel 23

Eine Pressemitteilung der evangelischen Gemeinde Wotenberg führte Paul in deren Kindertagesstätte und damit zu einem Sommerfest, das die Erzieherinnen und Mütter für die Kleinen ausgerichtet hatten. Hier sollte Paul eine kleine bunte Reportage anfertigen. Und das gehörte sogar zu den schönsten Stunden in seinem Reporterdasein. Paul dachte noch bei sich, dass diese Mami in dem geblümten Kleidchen mit dem geflochtenen Zopf unter dem Sommerhut echt niedlich ist. Ganz unvermittelt sprach genau diese Mami Paul an. „Hey, Paul! Du erinnerst

Dich bestimmt nicht mehr an mich", begrüßte die Fremde den verdutzten Heimatreporter und lag mit dieser Vermutung auch richtig, „Ich fand Dich damals in der Schule richtig toll". Sylvia berichtete, dass sie drei Jahrgänge unter Paul das Willy-Brandt-Gymnasium besuchte. Und ein Sechzehnjähriger nimmt eine Dreizehnjährige nunmal einfach nicht wahr. Paul konnte sich wirklich nicht erinnern. Sylvia war damals schon Teil der besseren Gesellschaft, hatte nun mittlerweile auch ihren Doktortitel und fuhr auf Badboys ab, wie man es Damen der besseren Gesellschaft oft nachsagt. Paul machte nämlich damals aus der Not eine

Tugend und trug einfach wild durcheinander alles, was davon ablenken konnte, dass seine Familie kein Geld für Wranglerhosen und Boss-Sweatshirts hatte. Und er benahm sich als Teenager auch so rebellisch, wie man es von einem Außenseiter in der Gesellschaft der oberen Zehntausend erwarten darf. Mit langen Haaren, Opas Schlafanzughosen und zerschlissener Lederjacke vom Sperrmüll drehte Paul sich mit seinen schlanken Fingern, von denen jeder einzelne mit Indianerschmuck vom Flohmarkt verziert war, unverdrossen einen dicken Joint mitten auf dem Pausenhof, inhalierte tief bis in die äußersten Spitzen seiner Lunge hinein, nahm seinen alten Cowboyhut ab, blies den verbliebenen süßlichen Rauch in die Krone hinein und verteilte mit einer Drehung den grasigen Nebel unter seinen Mitschülern. Diese Szene faszinierte Sylvia damals sehr und sie berichtete Paul auf dem Kita-Fest auch, dass sie ihm nachging, um ihn anzusprechen. Doch der Mut verließ das kleine Mädchen damals gänzlich, als sie sah, wie Paul auf seine Velosolex stieg und ohne Nummernschild, Helm oder auch nur einen Führerschein über den Pausenhof des Willy-Brandt-Gymnasiums gebraust ist. Paul fand das Kompliment sehr schmeichelhaft und es eröffnete ihm einen ganz neuen Blick auf seine eigene Vergangenheit. Er konnte sich gar nicht vorstellen, dass ihn irgendjemand gut finden könnte; so tief waren die Beleidigungen und Herabwürdigungen seiner damaligen Mitschüler und Lehrer in ihn eingedrungen. Paul liebte seine Gloria sehr und war außerstande, diese Situation weiter auszuleben. Doch allein der Gedanke, dass er damals wie heute vielleicht manchmal auf Leute trifft, die ihn sympathisch finden und es ihm einfach nicht sagen wollen oder können, versüßte Paul diesen Tag und brachte ihn dazu, ab und zu einfach seinen Mitmenschen zu sagen, was er an ihnen gut findet. Die Reaktionen sind vor allem bei den unterkühlten Holsteinern oft karg und selten offen positiv, doch insgeheim, so dachte Paul nun, wünscht sich jeder Lob und Zuneigung. Irgendwie.

Kapitel 24

Das Spiel stand kurz vor dem Abpfiff. Und Tövenmoor konnte immer noch nicht ausgleichen. Paul und seine Kumpels lagen seit Ewigkeiten zurück mit 0:1. Das nahm die Energie aus dem Spiel der Jungs aus Tövenmoor. Ein ums andere Mal ließen sie die Gegner aus Fahrnkroch durchbrechen und es war nur der herausragenden Leistung des Goalkeepers zu verdanken, dass der gegnerische Vorsprung nicht noch angewachsen war. Tommy war einfach in Ass im Kasten. Dafür feierten ihn die Zuschauer auch frenetisch, allen voran die

Hochzeitsgesellschaft von Helga und Karl-Heinz Meier. Doch dieser letzte Funke wollte nicht auf die Spieler überspringen. Jahrzehnte später rief sich Paul diese Szene wieder vor sein geistiges Auge, als er seine alte Heimat noch einmal besuchen kam und natürlich auch am Spieli vorbei schaute. Vicky, seine eigene Tochter, war aus dem Spielplatzalter lange rausgewachsen. Sie war mittlerweile achtzehn Jahre alt und stand kurz vor den Abiturprüfungen am Willy-Brandt-Gymnasium.

Es waren denkwürdige Prüfungen. Der neuartige Coronavirus hielt die Menschheit in

Atem, weltweit sind an diesem sechsten April 2020 bereits fast 75000 Menschen an Covid-19 gestorben. Und Vicky sollte ungerührt ihre Abiturprüfungen ablegen. So wollte es das Gesetz. Verzweifelt kämpften Schüler, Lehrer, Eltern und sogar Schleswig-Holsteins Bildungsministerin Karin Prien gegen diesen Irrsinn an. Mit Petitionen, vorsichtigen und überfallartigen Eingaben und Vorschlägen an Ministerkonferenzen und offenen Bittbriefen an Ministerpräsidenten und Bundestagsabgeordnete. Es half alles nichts. Der Abiturjahrgang 2020 sollte seine Klausuren schreiben wie jeder andere Jahrgang zuvor. Waren in den Jahren zuvor die letzten Wochen vor dem Abi noch die wichtigste Schulzeit, die als unbedingt schützenswert galt und für die die Lehrer sämtliche Reserven mobilisierten, die ihnen das Kaputtsparen der deutschen Lehranstalten noch übrig ließen, so musste es in diesem Jahr auch einfach so gehen. Ohne Beistand der Lehrer, mit Eltern, deren Existenzängste das Familienleben überschatten und vor allem ohne Unterstützung der sonst als Bastion der Ruhe und Besonnenheit kampferprobten Großeltern, die jetzt auf achtzehn Jahre Notfall-Enkelkindbetreuung in allen erdenklichen Familiensituationen zurückblicken konnten. Die nichts mehr erschüttern konnte und deren reichhaltige Lebenserfahrung immer einen Lösungsweg hervorbringen konnte. Großeltern waren jetzt plötzlich Risikogruppe und für Vicky ein Grund mehr, sich vor dem Virus zu fürchten.

Kapitel 25

Helga ist als Flüchtlingskind auf einem Gut in Holstein geboren und groß geworden. Mit ihr lebten dort kaum hundert Menschen, deren Existenz samt und sonders vom Gut abhing. Helga hatte als Kind die Wahl, mit den Kindern zu spielen, die da waren oder alleine zu sein. Und so musste sie früh lernen, ihre eigenen Wünsche und Bedürfnisse hinten anzustellen. In der kleinen Dorfschule hatte Lehrer Schimmelpfennig in dem einzigen Unterrichtsraum alle neun Klassenstufen gleichzeitig unter Feuer. Helga liebte die Schule, das Lernen, ihren Verstand mit

Wissen zu füttern. Und sie wusste ganz genau, dass nach der neunten Klasse mit dem Volksschulabschluss ihre Schulzeit beendet sein würde. Ihre Eltern, arme Flüchtlinge aus Ostpreußen, wurden über dem Pferdestall einquartiert und ihr Lohn wurde teilweise in Deputat ausgezahlt. Gab es genug Milch und Butter, so bekamen auch die Flüchtlinge einen Teil davon ab. Da war es undenkbar für Helga, ein Abitur oder gar ein Studium anzustreben. Für die Fünfzehnjährige kam also nur eine Lehre im Möbelhaus in Frage. Krankenschwester wollte Helga auf gar keinen Fall werden, zum Heiraten war sie noch zu jung und so blieb ihr nur die

Ausbildung zur Sekretärin, wenn sie der Knechtschaft und harten Arbeit auf dem Gut entkommen wollte.

Mit siebzehn lernte Helga Pauls Vater kennen. Einen Sohn aus bestem Hause, dessen Vater Allgemeinmediziner und Zahnarzt gewesen war. Und dem selbst die Welt offenstand. Eine Welt, die Helga gerade erst zu entdecken begann. Völlig verrückt und lebensfroh begeisterte der fremde Mann Helga mit seinen Hirngespinsten. Auf die Hochzeit folgte 1973 das kleine Paulchen und die Uroma bekam die Scholle im Tövenmoor als Heimatvertrieben zugeteilt. So konnte es weitergehen, dachte Helga bei sich. Eine feste Anstellung war auch gefunden. Bei Perso. Zwei Kilometer Arbeitsweg. Und Pauls Erzeuger arbeitete als Buchdrucker. Nach außen wirkte es wie die perfekte Idylle. Doch die Abende, an denen dem Buchdrucker der Alkohol wichtiger wurde als seine kleine Familie, begannen sich zu häufen. Bis zu dem Tag, an dem er das Geld der Familie nahm, um einen Wagen zu kaufen. Erst drei Tage später kehrte Pauls Erzeuger mit einem niederländischen Krankenwagen und laufendem Blaulicht zurück. Stolz wurde verkündet, dass auf diesem Wege kein Grenzer den drogengefüllten Kofferraum kontrolliert hätte und so endete die erste Ehe der Helga Meier abrupt. Sie wollte nie wieder etwas mit diesem verantwortungslosen Traumtänzer zu tun haben und nachdem immer wieder die Unterhaltszahlungen unter künstlerisch wertvoller Darbietung verschiedenster äußerst fadenscheiniger Ausflüchte ausgeblieben waren, verzichtete Helga auf das ihr und Paul zustehende Geld und nicht einmal Paul fragte noch. Zu drastisch waren seine Erlebnisse mit dem schreienden Mann, der seine Mama so verärgert hatte, dass Paulchen mitten im Winter nackig und mit seinen Schuhen in der Hand weinend um das neue Haus im

Tövenmoor gerannt ist. Jahre später, als Teenager, bestand Paul darauf, seinen Erzeuger kennenzulernen und war zunächst auch angetan von dessen verrückten Ideen.

Doch mit der Zeit erkannte auch Paul den geringen Wert solcher Charaktereigenschaften wie „besonders kreative Ausreden finden" oder „sich extrem unauffällig aus jeglicher Verantwortung stehlen".

Kapitel 26

Silvester war für Jungs im Tövenmoor immer ein ganz besonderer Feiertag gewesen. Drehte es sich an Weihnachten und Ostern oftmals um die Wünsche und Vorstellungen der Erwachsenen, kein Fünfzehnjähriger sitzt gerne stundenlang still und lässt sich von alten Männern in Pinguinkostümen belehren, wie er sein Leben zu führen hat. Und die blumig gesprochene, stets verständnisvoll-weiche Stimme eines evangelischen Pastors zu Weihnachten entspricht in etwa genau dem Gegenteil dessen, was ein Halbstarker im Tövenmoor unter einem echten Mann versteht. Das wirkte auf keinen der Jungs irgendwie nachahmenswert. Sie hatten allesamt ihre AC/DC-Platten und zusammen Easy Rider gesehen und hofften, vom Konfergeld ein Mofa kaufen zu können, um selbst die Freiheit der Biker zu erleben, wenn auch nur auf der B 432 und nicht auf der Route 66. An Silvester ging es hingegen alljährlich um Interessen, die die Jungs aus Tövenmoor mit ihren Eltern gemeinsam hatten. Besoffen mit Sprengstoff um sich werfen, dessen Lunte mit dicken Zigarren entzündet wurde, war genau die Freizeitbespaßung, mit der sich auch Sören, Müller, Kalle, Tommy und Paul anfreunden konnten. Mit ihren vierzehn oder fünfzehn Lenzen, Paul war einer der Älteren der Gruppe, war es ihnen jedoch noch nicht erlaubt, Bier oder Zigarren zu kaufen. Böller gab es sogar erst mit Achtzehn. Doch es gab Frau Krall. Die hatte einen winzigen Tante-Emma-Laden mit einem Gewächshäuschen und dem großen Kartoffellager. Hier gab es die begehrten Handelsgold und Hohalido. Holsten Halbe Liter Dose. Für die Operation „Belustigungsutensilien" brauchte es drei Mann und ein wenig kriminelle Energie. Paul ging für seine Oma bei Frau Krall einkaufen und fragte immer wieder kompliziertes Zeug nach neuen Duftsorten beim Ata oder besonders fest kochenden Lindas. Während die Einzelhändlerin derart abgelenkt Paul berät, können Sören und Tommy an der Kasse die Packung Handelsgold und für jeden zwei Hohalido einpacken. Außerdem würde zu später Stunde am frühen Neujahrsmorgen niemand mehr die Partyreste im Meierschen Wintergarten kontrollieren. Nur die Kracher waren schwer zu beschaffen. Die hatte Frau Krall nicht. Feuerwerkskörper gab es nur im Getränkemarkt. Dafür gab es sogar eine extra Kasse und absolut keine Möglichkeit für Minderjährige, an der Gesetzgebung vorbei zu schleichen. Also blieb den Jungs nur der illegale Schulhofhandel. Der fand alljährlich im Durchgang zur kleinen Turnhalle statt. Der doofe Marko hatte einen großen Bruder, Mario, Und dieser Mario finanzierte seinen Opel GT, das supercoolste Auto der Welt, mit dem Erwerb von Sprengkörpern am 28. Dezember. Mit gewaltigem Aufpreis vertickte sein kleiner Bruder die Kracher dann auf dem Schulhof und so waren auch die Jugendlichen des Landkreises mit Schwarzpulver versorgt. Diese Silvesterfeier sollte Paul jedoch noch lange im Gedächtnis bleiben. Im Feldweg zum Reiterhof haben es sich die Jungs im Knick gemütlich gemacht mit Bier, Zigarren und großen Tüten voller Kracher. Paul wollte nach der zweiten Hohalido für Romantik

151

sorgen und einen Goldregen anzünden. Dafür strich er das raue Köpfchen der Pappstange an der Reibefläche einer Streichholzschachtel entlang und wartete dann mit ausgestrecktem Arm auf das Funkensprühen. „Wirf den Scheiß weg!", brüllte Sören ihn unvermittelt wie ein wildgewordener Stier an. Paul holte aus und warf den Goldregen von sich. Keinen halben Meter vor seinem Arm gab es einen ohrenbetäubenden Knall und der Schweizer Kracher explodierte zu Feuer und rotem Staub. Paul war schlagartig nüchtern. Weinen durfte er jetzt natürlich nicht, aber es war ihm danach zumute, so hat er sich erschrocken. Auch die anderen Jungs wurden sehr ruhig.

Aber Jungs reden nicht über Gefühle. Und so fingen sie zwar an zu lachen, bewegten sich dabei aber doch gemeinsam wieder in Richtung Lindenstraße, um gemeinsam mit ihren Familien Ohnsorg zu sehen, Salzstangen zu knabbern und im Kinderzimmer selig an der Mirinda zu nippen.

Kapitel 27

Von der schweren Krebserkrankung seiner Mutter hatte Paul nichts geahnt. Er ist mit achtzehn zuhause ausgezogen und die Arbeit in der Krankenpflege verhindert aufgrund der hohen physischen und psychischen Belastung durch den Dienst am Nächsten aber auch allein schon durch die völlig verrückten Arbeitszeiten soziale Kontakte erfolgreich. In manchen Jahren hatte Paul nur einen einzigen Tag pro Monat frei. Die Dienstzeiten wechselten täglich. Am einen Morgen stand Paul um sechs Uhr auf Station zum Frühdienst bereit, nur um am übernächsten

Morgen ebenfalls um sechs Uhr in den Feierabend zu gehen nach einer eingesprungenen Nachtschicht. Und ein Teildienst ließ gar keinen Freiraum für eigene Bedürfnisse mehr übrig, an einigen Tagen musste Paul frühmorgens die Bewohner waschen und in den Tagesraum bringen und am frühen Abend dieselben Bewohner wieder zurück in ihre Betten bringen. In der Zeit dazwischen brauchte er praktisch nichts anderes anfangen, zumal niemand jemals wirklich pünktlich die Station verlassen konnte. Unbezahlte Überstunden waren absolut üblich und täglich in geringer oder hoher Dosis Teil des Arbeitsalltags der

Pflegekräfte. So kam es auch, dass Paul nur zufällig während eines Außeneinsatzes im Kreiskrankenhaus von der Krankheit seiner Mutter erfuhr. Es war der Beginn eines langen Leidenswegs. Mit 43 Jahren erhielt Helga Meier die Diagnose „Brustkrebs". Die erste von etlichen folgenden Operationen verlief erfolgreich damals. Und so schöpfte die Familie wieder Hoffnung und der Krebs war im Alltag bald kein Thema mehr. Paul beendete seine Ausbildung und dachte auch nur daran, was für ein Glück seine Mutter gehabt hat. Die Ruhe sollte ganze zehn Jahre währen. Dann kam der dämonische Todbringer zurück. Mit Wucht. Doch Helga dachte immer noch nicht daran, auch nur einen Schritt kürzer zu treten. Zu hart hatte sie damals dafür gekämpft, sich als Frau in einer Männerwelt zu behaupten. Zwar wurde ihre hochwertige und teure Zusatzausbildung zur Handelsfachwirtin oberflächlich im Unternehmen begrüßt, doch ein besserer Job oder gar mehr Lohn blieben ihr verwehrt. Und trotzdem hörte Helga nicht auf zu arbeiten. Männer auf ihrer Ebene der Betriebshierarchie akzeptierten sie schließlich. Helga war sogar als einzige Frau hoch angesehenes Mitglied der Tippgemeinschaft, in der Spielergebnisse der Fußballbundesliga prognostiziert wurden.

Helga war immer bewusst gewesen, dass sie der Gesellschaft als Mann mit ihren Fähigkeiten viel mehr wert gewesen wäre. Jetzt wollte sie der Männerwelt wenigstens beweisen, dass auch eine Frau ihren Platz in der Welt und nicht mit Kind am Herd haben kann. Oder vielleicht sogar beides. Eines Tages.

Kapitel 28

Im Alter von fünfzehn Jahren hatte Paul sich ganz und gar in seiner eigenen Welt verschanzt. Ganz so, wie es sich für einen Teenager gehört. Er trug nur noch wildes Hippie-Indianer-Zeug, bunte Hemden, Tonnen von Silberschmuck, hörte dabei Janis Joplin, Jimi Hendrix und, sehr zur Freude seines Vaters, die großartige Kapelle Deep Purple, die in den Achtzigern zwar ein wenig in der Versenkung verschwunden waren, was die Wahrnehmung in den Hitparaden anging, die aber nach wie vor tourten und so auch immer wieder Paul und Karl-Heinz zu gemeinsamen Konzertabenden verhalfen. Eines Tages saßen die Kumpels auf Pauls Futon beisammen, dem einzigen Einrichtungsstück in Pauls Zimmer. Sie hörten gemeinsam Jethro Tull. Paul hatte sich gerade das Album „Heavy Horses" zugelegt und war schwer begeistert vom Titelsong. Da überkam es Paul und er sagte zu seinen Freunden: „Haut mal ab jetzt, gleich kommt die Frau fürs Leben". Da Sören, Müller, Kalle und Tommy genau wussten, dass Paul nur schwer von seinen verrückten Ideen abzubringen war, verabschiedeten sich die Freunde voneinander. Paul hockte sich dann im Schneidersitz auf sein Futonbett. Er durchdachte seine Worte, an die er selbst nicht ganz glauben konnte. Mit Mädchen hatte Paul bisher fast ausschließlich platonischen Kontakt gepflegt, von kleineren Nahkampfszenen während einiger weniger Festivalabende einmal abgesehen. Doch auch hier ist es über Küsschen nie hinaus gegangen. Und nun prophezeite der dürre langhaarige Teenager den bevorstehenden Besuch einer echten Frau, die sich ernsthaft für ihn interessierte. Da war in der sechsten Klasse Katrin. Die mochte Paul sehr. Er lud Katrin sogar zum Eisessen ein und zum Geburtstag. Doch auch hier tat das alltägliche Schulmobbing einen guten Dienst. Paul wurde längst durch seinen neuen Spitznamen verhöhnt. Da konnten es seine Peiniger nicht ertragen, dass ihm ein kleines bisschen Glück zufällt. Sie ärgerten Paul so sehr, dass er von Katrin wieder abließ. Mit der dicken Katrin sehe er aus wie Stan Laurel und wenn das Paar zur Eisdiele läuft, sehe es aus wie Pat und Patachon. Paul hatte bereits viele Demütigungen zu ertragen. Noch mehr hielt er nicht aus. Umso erstaunlicher war es für Paul, dass es plötzlich tatsächlich an der Haustür geklingelt hat. Und vor der Tür stand wirklich Heike, eine Oberstufenschülerin vom Willy-Brandt-Gymnasium, die zwar in seiner Siedlung gewohnt hatte, die jedoch durch die

162

fast vier Jahre Altersunterschied bisher in einer weit entfernten Galaxis gelebt hatte. Jetzt stand diese rothaarige Schönheit vor Paul. Mit ebenso wilden Indianerhippieklamotten, langen Haaren und Tonnen an Silberschmuck um den Hals und an den Fingern. Heike hatte sich nicht einmal einen Vorwand ausgedacht. Gemeinsam setzten sie sich auf Pauls Futonbett setzten den Plattenspieler mit den Heavy Horses abermals in Gang und begannen, sich erst vorsichtig und dann immer liebevoller zu küssen.

Kapitel 29

Der Pflegenotstand hat wahrlich nicht erst im Coronajahr 2020 begonnen. Paul hatte seine Ausbildung zum Krankenpfleger 1994 begonnen nach eineinhalb Jahren Zivildienst. Nach dem Abi wollte Paul eigentlich Germanistik studieren. Weil er so gerne Hermann Hesse gelesen hat. Doch der Zivildienst zeigte ihm schnell seine Bestimmung. Paul liebte den Anblick der hilfsbedürftigen Menschen, die dank der Arbeit der Schwestern und Pfleger im ersten Sonnenlicht des Tages in ihren weichen Sesseln im Tagesraum der Station gesessen hatten und sich auf die erste Tasse Kaffee am Morgen gefreut hatten. Paul hatte seinen Wehrersatzdienst auf einer geschlossenen Pflegestation verrichtet, die alten Psychiatriepatienten eine Heimat geboten hatte. Und oftmals war es seine Aufgabe, die Männer zu rasieren und nach dem Frühstück zur Arbeit in der ebenfalls geschlossenen Ergotherapie zu begleiten. Wie aus dem Ei gepellt strahlten seine Arbeiter und bei dem Spaziergang über das weitläufige Klinikgelände hatte Paul immer Zeit gehabt für einen Klönschnack. Auch mit dem Therapeuten, der seine Beobachtungen bei dieser Gelegenheit gleich an das Pflegeteam weitergeben konnte. Am Vormittag standen dann oft Untersuchungen an, für die Patienten auch von Paul begleitet wurden. In den EKG-Raum, zum Röntgen oder EEG. Für die Übergabe an das Nachmittagsteam gab es ein einziges Buch, in das Besonderheiten des Stationslebens notiert wurden. Nach dem Mittag, bei dem jedem Patienten die nötige Hilfe zukam, wurden alle Patienten, die sich das wünschten, zur Mittagsruhe auf ihre Betten gelagert. Danach hatte Paul immer Zeit, mit den Patienten zu rauchen und auch Kaffee zu trinken, um sich über die Erlebnisse des Vormittags auszutauschen. Auch eine Runde Skat war immer drin. Patienten mit

Korsakowsyndrom oder schwerem Alzheimer beherrschten oftmals noch Kartenspiele wie ein junger gesunder Mann. Kurz gesagt war Krankenpflege in den Neunziger Jahren ein echt toller Job. Auch die karge Bezahlung, die Paul später als examinierter Krankenpfleger bekam, hielt den jungen Mann nicht auf. Da die Pflege der Kranken über Jahrhunderte eine traditionelle Aufgabe der Frau gewesen war und auch in der Neuzeit hauptsächlich Frauen in weißen Kitteln durch Krankenhäuser flitzen, kam niemals irgendjemand auf den Gedanken, dass der Lohn eine ganze Familie ernähren sollte. Die Dankbarkeit seiner Patienten gleichte in Pauls

167

Augen diese Missstände locker aus. Bis um die Jahrtausendwende ein neuer Leitsatz die Gesundheitsszene aufmischte, nach dem auch mit Kranken viel Geld zu verdienen sei. Seitdem mussten immer weniger Pflegekräfte immer mehr Arbeit erledigen, um die Gewinne der Konzerne zu maximieren. Staat und Kirche haben sich von ihrer Fürsorgepflicht verabschiedet und alles irgendwelchen Märkten überlassen. Die vielbeschworenen Märkte kamen Paul vor wie das Goldene Kalb aus der Bibel. Und er fragte sich, wie lange er noch Gewinnmaximierer für die Märkte sein wollte.

Kapitel 30

Das Fußballspiel auf dem Spieli stand kurz vor dem Abpfiff, als Manni ein letztes Mal wie eine Dampfwalze auf den armen Paul zugerannt kam. Doch dieses Mal wollte Paul mehr sein als der ergebene Diener reiner Notwendigkeiten. Er wollte sein Schicksal und damit die Zukunft der Jungs aus dem Tövenmoor in die eigenen Hände nehmen. Also rannte er los. Unvermittelt. Mit bestialischem Gebrüll und glühender Entschlussfreude. Er würde an seinem Vordringen in die gegnerische Hälfte keinen Widerspruch dulden. Auch wenn diese

Dampfwalze auf ihn zukam und dahinter vielleicht noch drastischere Hindernisse auf Paul warten mochten. Dieses Mal wollte Paul nicht abwarten, ob die Gegner nun an der Verteidigung vorbei kämen und das Ding reinmachten. Er wollte selbst nach vorne stürmen und der Welt dieses eine Mal beweisen, was in ihm steckte. Er konnte mit seinem Überraschungsmanöver dem bulligen Manfred tatsächlich den Ball abnehmen. Dann schaffte er es sogar, Gonzo geschickt zu tunneln. Paul schob vorsichtig die Pille aus dem Lauf durch Gonzos Beine hindurch, hob zu einem Sprung ein wenig in die Luft ab. Und landete nach diesem für ihn und alle

Beteiligten vollkommen ungewohnten Kunstgriff mit seinem linken Fuß auf dem rechten Fuß seines Gegners. Dabei knickte Paul so furchtbar unglücklich um, dass es einen gewaltigen Peitschenknall gegeben hat. Paul fiel auf den Rücken und verkniff sich die Tränen, denn der Schmerz durchfuhr ihn schlagartig. Alle Spieler und Zuschauer liefen zu dem Jungen, der sich nun den Knöchel hielt und von einer Seite auf die andere wand. Pauls Mutter war sofort klar, dass eine Sehne gerissen war. Sie lief los zum nächsten Wohnhaus und rief von dort den Notarzt. Heute sollte Paul also zum ersten Mal im Krankenhaus landen. Mit Blaulicht und

Sirene kam bald der Rettungswagen auf den Spieli gefahren. Zwei Sanitäter versorgten Paul, während der Notarzt einen Tropf mit Schmerzmittel für Pauls Blutbahn vorbereitete. Im Hinteren des Krankenwagens fand Paul es eigentlich super. Die Schmerzmittel begannen, sich in seinem geschundenen Körper auszubreiten und alle waren sehr freundlich zu dem Jungen auf der Trage. Auch im Krankenhaus ging es eher fröhlich als hektisch zu. Natürlich arbeiteten alle Weißkittel zügig, aber nie ohne ein Lächeln im Gesicht oder einen lockeren Spruch auf den Lippen. Paul fand das außergewöhnliche Gebäude, die vielen

172

Apparate und Instrumente und die merkwürdigen Vokabeln der vielen Hilfskräfte unheimlich interessant und fragte allen Löcher in die Bäuche. Darüber vergaß er fast seine Verletzung. Paul war vom Krankenhaus einfach fasziniert.

173

Kapitel 31

Der Sommer kam früh ins Tövenmoor in diesem Jahr. Nach sechs Wochen Gips und Krücken und Humpeln durfte Paul endlich seinen Gips loswerden heute. Das freute den Jungen natürlich, aber ein bisschen wehmütig wurde Paul trotzdem. Denn heute war sein letzter Besuch im Krankenhaus bei den netten Schwestern mit all ihren hochinteressanten Apparaten und Instrumenten. Heute sollte für Paul ein weiteres Geheimnis lüften. Er konnte sich absolut nicht vorstellen, wie dieser dicke klobige Gehgips jemals von seinem linken Fuß verschwinden sollte. Auf dem Gips haben in den Tagen nach dem großen Spiel beide Mannschaften vollzählig unterschrieben. Gonzo entschuldigte sich sogar mit brüchiger Stimme an Pauls Krankenbett, weil er dachte, dass es seine Schuld gewesen sein könnte. Doch Paul beruhigte seinen Kontrahenten und erklärte ihm seinen urplötzlich ausgebrochenen sportlichen Ehrgeiz. Den wollte Paul jetzt auch in sein ganzes Leben übertragen und häufiger mal selbst die Initiative übernehmen ohne sich herum schubsen zu lassen. Und es stand für den Achtjährigen fest, dass er im Krankenhaus arbeiten möchte. Nicht als Dinosaurierforscher oder rasender Reporter, wie es seine ursprünglichen Lebenspläne hergaben. Nein. Die Faszination für die Heilung und Pflege Kranker und Hilfsbedürftiger Menschen begeisterte ihn einfach. Viel mehr, als es das Handwerk seines Vaters tun könnte. Paul konnte kaum einen Nagel gerade in ein Brett schlagen und war auch nie sonderlich an handwerklichen Tätigkeiten interessiert. Sein Interesse blühte auf, als Doktor Lionek bei ihm einen Allergietest durchführen musste. Die Sprechstundenhilfe blieb bis zum Schluss erstaunlich nett, obwohl Paul ihr wirklich Löcher in den Bauch fragen konnte. Er wollte ganz genau wissen, welche Nadeln sie denn verwenden würde und wie tief diese in die Haut eindringen würden. Und was geschehen würde, wenn er einen anaphylaktischen Schock erleiden würde. Ob er dann wohl intubiert und beatmet werden würde oder sie einen Kugelschreiber in seinen Hals rammen müsste. Fasziniert betrachtete er die anschwellenden Rötungen in einigen Quadranten mit Gräser- und Getreidepollen und war gespannt auf seine Therapie. Auch die Gipssäge an Pauls linkem Schienbein war bestes Kino für den Jungen. Die Arbeit im Krankenhaus wurde für Paul immer interessanter. Besonders der Zuspruch, den jeder Patient von den Schwestern erfährt, das

tröstende Wort und die heitere Aufforderung,
den Schmerz durchzustehen, beeindruckten
Paul.

Kapitel 32

Die Coronakrise hat den Pflegenotstand noch einmal deutlich verschlimmert. Plötzlich waren Schwestern und Pfleger nun so systemrelevant wie einstmals die Commerzbank und Goldman-Sachs, als es darum ging, die verzockten Milliarden der Bankmanager durch Steuergeld zu ersetzen. Doch Milliardensummen waren die pflegenden Rädchen dem System nicht wert. Immerhin haben sehr viele Bürger der Arbeit der Verkäufer*Innen, Müllmänner und -frauen und eben den Pflegekräften Beifall geklatscht. Sogar die Politiker in Berlin trauten sich, Standing Ovations und Almosen in Form von sogenannten Einmalzahlungen zu verteilen, nachdem sie die Pflege über Jahre kaputt gespart hatten. So war es im Jahr 2019 kaum noch möglich, seine Angehörigen daheim zu pflegen, da es kaum Pflegegeld für diese anspruchsvolle Tätigkeit gab und die Unterstützung durch Profis teuer und selten war. Außer, man hatte eine polnische Hilfskraft, die illegal mit im Haushalt lebte und vierundzwanzig Stunden täglich für ihre Patienten da sein musste. Doch auf diese Unterstützung, die für die deutschen Familien mit den europäischen Einreisebestimmungen in der Cotronakrise ja auch wegfiel, wollte

Familie Meier verzichten, als es Helga immer schlechter ging. Karl-Heinz war mittlerweile Rentner und traute sich die Pflege seiner Ehefrau durchaus zu. Vor allem war Karl-Heinz Meier ein Macher. Er stammte aus einfachen Verhältnissen. Mit neun Geschwistern wuchs er in Wotenberg auf. Immer wieder betonte er Paul gegenüber, dass es Zeiten in seinem Leben gab, in denen die zehn Geschwister sich am Mittagstisch echt beeilen mussten, um satt zu werden. Wer zu langsam war, musste den Rest des Tages Hunger schieben. Das hatte Karl-Heinz geprägt und früh selbständig werden lassen. Nun wollte er auch unbedingt alles tun, um seiner Frau zu helfen. Manchmal konnte er nicht sehen, dass die Arbeit mit seinen Händen nicht die größte Hilfe war, die er leisten konnte. Manchmal wären ehrliche Gespräche die bessere Wahl gewesen. Doch den Männern der Nachkriegszeit fiel es allen sehr schwer, über ihre Gefühle zu sprechen. Das hatten sie schon von ihren Vätern und Großvätern gelernt. Auch Pauls Großvater sprach erst spät und wenig über den Feuersturm in Hamburg, die Zugfahrten ins russische Kriegsgebiet und die Prügel, die er als Sozialdemokrat von der SA bezogen hatte. Paul hatte seinen Opa darauf angesprochen, als der Zweite Weltkrieg Thema in der Schule wurde und Paul als Teenager immer weniger verstanden hatte, wie Menschen nach dem Krieg immer noch Hitler verehren konnten.

Kapitel 33

Pauls Mutter wurde immer schwächer. Ihr Zustand verschlechterte sich zusehends. Der Krebs hatte im Körper von Helga Meier ab 2019 vollends die Kontrolle übernommen. Immer neue Metastasen wurden in verschiedenen Körperteilen gefunden. Trotzdem wollte Helga nicht aufgeben. Sie griff nach jedem Strohhalm, wollte nicht wahrhaben, dass es jetzt schon zu Ende sein sollte. Paul fuhr seine Eltern dreimal pro Woche besuchen und sah den körperlichen Verfall seiner Mutter. Doch über solche Wahrnehmungen wurde bei den Meiers nicht gesprochen. Auch nicht über die Gefühle, die jeden Einzelnen in dieser Situation bewegten. Karl-Heinz suchte händeringend nach einer hilfreichen Aufgabe, die er mit seiner Hände Arbeit jetzt verrichten konnte, nach Dingen, die er jetzt kaufen konnte, damit es ihm und seiner Frau besser gehen könnte. Er war jede Sekunde für seine Helga da. Verließ das Haus in der Lindenstraße praktisch gar nicht mehr. Und doch fiel ihm das Sprechen immer noch unendlich schwer. Mit Paul und Helga redete er nie über das, was ihn innerlich aufwühlte. Und auch Paul diskutierte lieber mit seiner Mutter über die aktuellen Nachrichten oder den letzten Tatortkrimi als über den Krebs. Zu

Geburtstagen gab es einen Handschlag. Das war manchmal die einzige körperliche Berührung, die Familie Meier einander zugestehen konnte. Niemand von ihnen meinte das böse. Ganz im Gegenteil. Alle waren in Vereinen organisiert, in denen körperlicher Kontakt einen völlig anderen Stellenwert einnahm als in der eigenen Familie. „Dieses ständige Angrabbeln kann ich überhaupt nicht leiden", klagte Helga oft, wenn sie von ihrer Volkstanzgruppe sprach. Sie liebte den deutschen Volkstanz und mochte die Menschen in ihrer Gruppe. Doch die übliche Begrüßungsformel in diesem Tanzverein war die Umarmung. Manchmal sogar mit Küsschen. Wenn Helga von diesen körperlichen Bekundungen der Zuneigung berichtete, konnte Paul verstehen, dass sie sich manchmal sogar schüttelte bei dem Gedanken, andere Menschen zu umarmen. Paul war nämlich auf Umwegen in einer Linedancegruppe gelandet. Er wollte mit seinen Kumpels „zwei oder drei Tänze lernen, damit man bei Partys mal mittanzen kann". Denn der Linedance wurde oft auf Country- und Westernpartys getanzt. Auch in Holstein und sogar auf den Partys, die die Northern Cowboys selbst ausrichteten. Und so gesellten sich zwanzig Cowboys zu den Dancing Bears, um Linedance zu lernen. Hier lernte Paul jedoch als allererstes, Umarmungen und Küsschen zu ertragen. Am liebsten wäre er vor dieser gesellschaftlichen Unart gleich wieder geflohen, doch mit seinen Kumpels war alles prima und außerdem war da Gloria.

Kapitel 33

Pauls Mutter wurde immer schwächer. Ihr Zustand verschlechterte sich zusehends. Der Krebs hatte im Körper von Helga Meier ab 2019 vollends die Kontrolle übernommen. Immer neue Metastasen wurden in verschiedenen Körperteilen gefunden. Trotzdem wollte Helga nicht aufgeben. Sie griff nach jedem Strohhalm, wollte nicht wahrhaben, dass es jetzt schon zu Ende sein sollte. Paul fuhr seine Eltern dreimal pro Woche besuchen und sah den körperlichen Verfall seiner Mutter. Doch über solche Wahrnehmungen wurde bei den Meiers nicht gesprochen. Auch nicht über die Gefühle, die jeden Einzelnen in dieser Situation bewegten. Karl-Heinz suchte händeringend nach einer hilfreichen Aufgabe, die er mit seiner Hände Arbeit jetzt verrichten konnte, nach Dingen, die er jetzt kaufen konnte, damit es ihm und seiner Frau besser gehen könnte. Er war jede Sekunde für seine Helga da. Verließ das Haus in der Lindenstraße praktisch gar nicht mehr. Und doch fiel ihm das Sprechen immer noch unendlich schwer. Mit Paul und Helga redete er nie über das, was ihn innerlich aufwühlte. Und auch Paul diskutierte lieber mit seiner Mutter über die aktuellen Nachrichten oder den letzten Tatortkrimi als über den Krebs. Zu

Geburtstagen gab es einen Handschlag. Das war manchmal die einzige körperliche Berührung, die Familie Meier einander zugestehen konnte. Niemand von ihnen meinte das böse. Ganz im Gegenteil. Alle waren in Vereinen organisiert, in denen körperlicher Kontakt einen völlig anderen Stellenwert einnahm als in der eigenen Familie. „Dieses ständige Angrabbeln kann ich überhaupt nicht leiden", klagte Helga oft, wenn sie von ihrer Volkstanzgruppe sprach. Sie liebte den deutschen Volkstanz und mochte die Menschen in ihrer Gruppe. Doch die übliche Begrüßungsformel in diesem Tanzverein war die Umarmung. Manchmal sogar mit Küsschen. Wenn Helga von diesen körperlichen Bekundungen der Zuneigung berichtete, konnte Paul verstehen, dass sie sich manchmal sogar schüttelte bei dem Gedanken, andere Menschen zu umarmen. Paul war nämlich auf Umwegen in einer Linedancegruppe gelandet. Er wollte mit seinen Kumpels „zwei oder drei Tänze lernen, damit man bei Partys mal mittanzen kann". Denn der Linedance wurde oft auf Country- und Westernpartys getanzt. Auch in Holstein und sogar auf den Partys, die die Northern Cowboys selbst ausrichteten. Und so gesellten sich zwanzig Cowboys zu den Dancing Bears, um Linedance zu lernen. Hier lernte Paul jedoch als allererstes, Umarmungen und Küsschen zu ertragen. Am liebsten wäre er vor dieser gesellschaftlichen Unart gleich wieder geflohen, doch mit seinen Kumpels war alles prima und außerdem war da Gloria.

Kapitel 34

Das Spiel um ein Jahr freie Auswahl auf dem Spieli war verloren. Auch die Meiersche Hochzeitsgesellschaft zog mit Pauls Krankenwagen gemeinsam ab. Wieder in Richtung Lindenstraße 3. Zu Pauls Familie in den Garten. Die Mannschaft aus dem Tövenmoor schloss sich dem Trauerzug an und wurde spontan von Karl-Heinz zu Brause und Würstchen im Schlafrock eingeladen. Mit einem ersten zaghaften Lächeln quittierten Sören, Müller, Kalle, Tommy und die anderen Jungs die freundliche Einladung. Doch ausgelassene Feierstimmung sollte jetzt nicht mehr aufkommen. Der Plattenteller drehte sich noch und dank des Mehrfachwechslers, den Karl-Heinz selbst gebaut hatte, spielte sogar noch Musik im Wohnzimmer. Truck Stop hatten gerade mit ihrer Zungenbrecherhymne von der Frau mit dem Gurt angefangen. Eigentlich Pauls Lieblingslied, das er sogar in der superschnellen Live-Version fehlerfrei mitsingen konnte. Doch Paul lag im Krankenhaus und Helga saß dort an seinem Krankenbett. Als die ersten Gäste ihre Würstchen mit hängenden Köpfen aufgemümmelt hatten, schauten sie schon zur Uhr, kratzten sich an den Hinterköpfen und überlegten sich Vorwände, diese traurige Veranstaltung endlich hinter sich zu lassen. Verzweifelt sah Karl-Heinz die schöne Hochzeitsfeier den Bach hinunter schwimmen. Da tauchte Gonzo hinter der Hausecke zum Garten auf. Etwas verlegen rieb er sich die Hände und fragte, ob er etwas sagen dürfe. Sofort winkte ihn Karl-Heinz an den Tresen heran und forderte den Jungen auf, mit ihm Brause zu trinken. „Was treibt Dich zu uns?", fragte Karl-Heinz Gonzo dann. Und dieser antwortete verlegen mit gesenktem Blick: „Wir haben uns überlegt, weil doch heute Hochzeit ist und Paul ins Krankenhaus musste, da könnten wir den

Bolzplatz doch teilen". Gonzo hatte nämlich ein schlechtes Gewissen bekommen. Und vielleicht hätten die Jungs aus dem Tövenmoor ja doch noch den Ausgleich geschafft. Kann man ja nie wissen, was passiert wäre. Und deswegen haben die Spieler aus Fahrnkroch sich zusammen gesetzt. Und gemeinsam beschlossen, dass es unfair wäre, diesen Sieg allein für sich zu beanspruchen. Karl-Heinz und die ganze Hochzeitsgesellschaft fingen spontan an, für die Rede des Jungen Applaus zu klatschen. Da traten auch seine Freunde hinter der Hausecke hervor und es waren noch genügend Würstchen im Schlafrock für alle da gewesen und bald waren auch Paul und Helga zurück aus dem Krankenhaus und durften auf der Hollywoodschaukel sitzen, damit Paul sein krankes Bein auf Helgas Schoß hochlagern konnte. Bis in die Nacht hinein wurde in der Lindenstraße noch gefeiert und getanzt und gelacht und um Mitternacht stimmten alle gemeinsam das Lied der Holsteiner an. Spätestens in die Hochzeitsstrophe fielen alle Gäste mit ein, ob alt oder jung, klein oder groß, klang es aus vollen Kehlen über das Tövenmoor: „Eenmol kummt de Dag, wo een Hochtiet maakt in'n Holsteenland. Dor warrt de Söög al slacht! De Söög! Dor warrt de Wüst al maakt! De Wüst!

In'n schöönen, grooten Holsteenland!".

© 2020
Herstellung und Verlag: BoD – Books on Demand,
Norderstedt
ISBN: 9783751932356